Liaison sur une île

RACHAEL STEWART

Liaison sur une île

Traduction française de
VIRGINIE CANTIN

AZUR

HARLEQUIN

Collection : Azur

Titre original :
BILLIONAIRE'S ISLAND TEMPTATION

HARPERCOLLINS FRANCE
83-85, boulevard Vincent-Auriol, 75646 PARIS CEDEX 13
Service Clients — www.harlequin.fr
ISBN 978-2-2805-0518-5 — ISSN 0993-4448

Édité par HarperCollins France.
Composition et mise en pages Nord Compo.
Imprimé en mai 2024 par CPI Black Print (Barcelone)
en utilisant 100% d'électricité renouvelable.
Dépôt légal : juin 2024.

FSC
www.fsc.org
MIXTE
Papier issu de sources responsables
FSC® C159065

Pour limiter l'empreinte environnementale de ses livres, HarperCollins France s'engage à n'utiliser que du papier fabriqué à partir de bois provenant de forêts gérées durablement et de manière responsable.

1

En bas, le sol défilait entre les nuages, et on apercevait des massifs verts ponctuant les eaux turquoise bordées de sable blanc. Mais au lieu d'apprécier la beauté de cette nature sauvage, Jessie Rose était tendue comme un arc.

L'avion vacilla et elle tendit les mains pour s'agripper à son siège, les yeux fermés. Prise d'une atroce nausée, elle voyait déjà, la peur au ventre, cet avion bancal et ridiculement petit tomber en chute libre.

Elle avait l'habitude des sueurs froides, de la sensation d'oppression dans la poitrine... mais elle était censée être en vacances et profiter de cette occasion pour se relaxer, et non subir une nouvelle crise de panique.

Les douces paroles de son psy résonnèrent dans sa tête.

« Respirez, Jessie. Respirez et comptez. Un, deux, trois, quatre... On inspire, on retient son souffle... Un, deux... »

L'avion piqua du nez et elle laissa échapper un petit cri, les yeux soudain grands ouverts. Dieu merci, il n'y avait personne pour la voir perdre son sang-froid. Il n'y avait que le pilote, et il faisait tout son possible pour maintenir le cap du petit avion. Des turbulences passagères, lui avait-il assuré. Pas de quoi s'inquiéter.

Seulement, elle s'inquiétait beaucoup, et s'imaginait les

pires scénarios possibles. Un comportement qu'elle avait développé au moment de l'accident de sa mère, quelques années auparavant, et qui avait empiré depuis.

Elle avait assez bien dissimulé ses insomnies, ses crises de panique, sa lutte quotidienne pour tenir bon, à l'époque. Pour sa mère, elle n'avait pas eu le choix. Aidante à temps plein, elle avait quitté son travail, emménagé chez sa mère, abandonné sa vie avec Adam.

Adam...

Elle secoua la tête. Non, elle ne voulait pas penser à lui et à leur rupture brutale. « Bon débarras ! », avait dit sa grande sœur Hannah, mais Jessie n'en était pas si sûre. Pas maintenant que sa mère était partie et qu'elle se retrouvait seule. Perdue, sans perspective...

Contrairement à Hannah qui, elle, maîtrisait son existence. Comment sa sœur pourrait-elle comprendre ce qu'elle ressentait lorsqu'elles évoluaient toutes deux dans des mondes totalement différents ? Pour Hannah, qui vivait dans un quartier chic de Londres avec son riche mari, c'était caviar, champagne, et réussite...

Elle, en revanche...

De nouveau, l'avion piqua du nez, et elle enfonça ses ongles dans ses paumes pour juguler sa peur, mais aussi parce qu'elle avait honte d'envier ainsi sa sœur.

Hannah avait travaillé dur pour arriver là où elle était, et ce n'était pas sa faute si Jessie n'avait pas pu choisir une carrière qu'elle aimait, était tombée amoureuse du mauvais homme, et avait abandonné sa vie à Londres pour retourner dans leur petit village et s'occuper de leur mère.

Certes, Hannah ne venait pas la voir aussi souvent que

Jessie l'aurait souhaité, mais elle était très occupée, et ce voyage était sa manière de se faire pardonner son absence.

Jessie avait perçu un soupçon de culpabilité lorsqu'elle l'avait invitée :

« Cela te fera du bien de t'éloigner, de prendre le soleil, de te faire chouchouter... Tu auras le temps de te ressourcer. »

Jessie esquissa un sourire. Sa sœur avait vraiment dit « ressourcer » ? C'était tellement... hippie. Pour Hannah en tout cas. Pas pour leur mère qui, même sur son lit de mort, avait pris la main de Jessie et l'avait serrée en lui disant : « La vie est l'aventure que tu en fais, ma chérie – vis-la, aime-la, et ne regrette rien ! »

C'est ce qu'elle faisait, ou essayait de faire, avec l'aide de sa sœur.

Lorsque celle-ci lui avait proposé ces quelques jours d'évasion, elle avait commencé par refuser. L'idée de séjourner dans la maison de vacances d'un associé d'Hannah qu'elle n'avait rencontré qu'une ou deux fois ne l'inspirait guère. D'autant qu'elle n'était pas censée payer un centime... et que la maison en question était située sur l'île Moustique, un lieu de villégiature réservé aux riches et célèbres – dont elle ne faisait évidemment pas partie.

Mais Hannah avait raison : elle avait besoin d'une pause, et les médicaments n'étaient pas une solution. De toute façon, rien ne pouvait combler le vide que sa mère avait laissé derrière elle, six mois auparavant.

Son téléphone bourdonna dans son sac et elle consulta ses messages.

N'oublie pas de me prévenir de ton arrivée !

Bisous

Elle secoua la tête et tapa :

Si mon avion ne s'écrase pas avant !

Bisous

P.-S. : C'est une blague !

Elle voyait d'ici sa sœur lever les yeux au ciel, et elle se détendit quelque peu.

Quelques secondes plus tard, Hannah envoyait un nouveau SMS.

Tu es ma priorité, petite sœur. Prends soin de toi. Je t'aime.

Elle fixa le message, la gorge nouée. Cette fois-ci, ce n'était pas la peur de l'avion qui en était la cause, mais ces quelques mots. Depuis la disparition de sa mère, Jessie n'avait plus pour seule famille que sa sœur aînée. Or, celle-ci n'était pas du genre sentimental. Même quand leur mère était décédée, elle avait eu du mal à laisser couler ses larmes, malgré son chagrin, et un malaise s'était installé entre les deux sœurs, que chacune voulait dissiper.

Elle devait à tout prix se ressaisir, prouver à sa sœur qu'elle allait bien et qu'il ne fallait pas s'inquiéter pour elle. Elle tenait aussi à ce qu'Hannah, elle aussi affectée par l'absence de leur mère, sache qu'elle pouvait compter sur elle.

Elle reprit son téléphone et tapa :

Prends soin de toi, c'est l'essentiel. Je t'aime aussi.

Une fois son téléphone rangé, elle murmura pour elle-même :

— Tes vacances de rêve commencent maintenant, alors tâche d'en profiter !

Les yeux fixés vers le large, Joel Austin songea à attraper quelques vagues supplémentaires avant que le vent se lève. Le temps se gâtait, mais il n'avait pas envie de rentrer.

— Monsieur Austin !

Il tourna la tête, ses yeux scrutant le rivage à la recherche de l'importun.

— Ah, Anton !

Même à cette distance, l'homme avait l'air accablé, et Joel poussa un soupir. Que se passait-il donc ?

Il lui adressa un signe de la main tandis que sa planche ondulait sous ses pieds.

— Vous venez surfer avec moi ?

Bien sûr qu'Anton ne viendrait pas surfer, mais Joel ne put résister au plaisir de le taquiner, car sa présence ne pouvait signifier qu'une chose : son meilleur ami, Brendan, cherchait à le joindre, et cela ne pouvait pas être bon signe.

Anton agita son portable.

— Désolé, monsieur, on vous demande !

Pour de mauvaises raisons, sans doute...

Joel soupira.

— J'arrive tout de suite !

Après un dernier regard nostalgique à l'océan, il attendit la prochaine vague pour regagner le rivage. Cela faisait déjà des heures qu'il était sorti. Il pouvait se montrer impoli parfois, mais quand son meilleur ami lui prêtait sa maison de vacances et tout le luxe qui allait avec, le moins qu'il pût faire était de ménager son personnel.

Il prit sa planche sous le bras et plaqua un sourire sur son visage avant de rejoindre Anton et de demander d'un air innocent :

— Que se passe-t-il ?

Il le savait très bien.

— M. Hart a essayé de vous joindre, monsieur. La tempête approche et il veut s'assurer que vos plans n'ont pas changé.

— Il veut savoir si je pars toujours aujourd'hui ? répliqua-t-il avec un sourire malicieux. Vous m'avez assez vu, Anton, c'est ça ?

Le majordome baissa les yeux, visiblement gêné.

— Pas du tout, monsieur. Seulement, une nouvelle invitée arrive et nous voudrions...

— Je plaisante, Anton !

Il se pencha pour attraper sa serviette et son téléphone sur le sable.

— Mes plans n'ont pas changé. Aux dernières nouvelles, mon vol est prévu cet après-midi.

Si Joel n'avait pas envie de se retrouver coincé ici, Anton, lui, aurait préféré qu'il reste, comme en témoignait le regard inquiet qu'il promenait sur l'horizon où la tempête menaçait déjà.

— Détendez-vous, Anton, tout va bien ! lança Joel en se dirigeant vers la villa. Alors, qui est donc le mystérieux invité qui me chasse du paradis ?

Anton lui jeta un regard en coin, sans doute pour tenter de déterminer s'il était réellement mécontent ou s'il continuait à jouer la comédie, et Joel retrouva rapidement son sourire.

— C'est l'amie d'une amie, je crois.

— Une femme ?

Comme Anton acquiesçait, Joel fronça les sourcils.

— Est-ce qu'elle est accompagnée d'un homme ?

Cette fois, Anton secoua la tête, mais il eut le temps de le voir esquisser un sourire.

— Non, monsieur, je crois qu'elle voyage seule.

— Intéressant.

Il devrait peut-être passer un coup de fil à Brendan, après tout ?

Et joindre l'utile à l'agréable en prolongeant son séjour ?

— Rentrez, Anton. Je vais ranger cette planche et appeler Brendan.

— Très bien, monsieur Austin. Puis-je... ?

— Je vous en prie, cessez de me donner du « monsieur » et appelez-moi Joel, d'accord ? Je vous l'ai déjà demandé cent fois !

— Ce n'est pas très habituel...

— Et je ne suis pas un invité habituel, alors faites-moi plaisir !

— Très bien. Avez-vous besoin d'autre chose... Joel ?

— Mes valises sont-elles prêtes ?

Encore une question dont il connaissait déjà la réponse : le personnel de Brendan était redoutablement efficace.

— Bien sûr, à part les vêtements que vous avez demandé à June de garder pour votre voyage.

— Parfait ! Je n'ai besoin de rien d'autre, alors. Je vous remercie.

Il attendit le départ d'Anton pour composer le numéro de Brendan et son ami décrocha au bout de deux sonneries.

— Achète-toi une vie, mon pote !

— Et toi, retrouve la tienne, mon pote.

Il rit, mais cette répartie lui fit l'effet d'un coup de poing à l'estomac. Il n'était pas prêt pour ça, et peut-être ne le serait-il jamais.

— Tu te permets de me juger, alors que tu ne vis que pour ton travail ?

— Il n'y a pas si longtemps, tu étais comme moi.

— Et regarde où cela m'a mené !

Joel se rembrunit et un froid glacial s'insinua en lui tandis que la tension se faisait de plus en plus perceptible, à l'autre bout de la ligne. S'il ne répliquait pas le premier, son ami allait encore lui faire sentir sa compassion, sa pitié même...

— Joel, je...

— Alors, dis-moi, coupa-t-il, qui est la charmante jeune femme qui a la chance d'être ton invitée ?

Il y eut un silence, ponctué d'un lourd soupir. Brendan n'était manifestement pas dupe de son esquive.

— Comment sais-tu qu'il s'agit d'une femme ?

Joel sentit ses épaules se détendre : son ami avait renoncé à son sermon.

— Il me semble qu'Anton l'a mentionné...

Brendan lâcha un juron qui fit rire Joel.

— Je rêve, ou tu viens de m'insulter ?

— Mais non, voyons !

— Si.

Brendan capitula.

— Tu as raison.

— Et je peux savoir pourquoi ?

— C'est la petite sœur d'Hannah, dit Brendan.

— Tu veux parler d'Hannah, l'associée super sexy de ton super cabinet d'avocats ?

— Si tu pouvais éviter de parler d'elle en ces termes...

— Et si tu avais pu la draguer avant que son abruti de

mari lui mette le grappin dessus ! Mais bon, on n'a pas toujours ce qu'on veut, dans la vie…

— Arrête, Joel !

— Quoi ? Léon est un abruti, et tu le sais très bien. Je me demande ce que tu as bien pu lui trouver. Il est évident qu'il n'a fait que se servir de toi et de ton réseau, et…

— Et il est la dernière personne dont j'aie envie de parler en ce moment, alors dis-moi plutôt que tu as fait tes valises et que tu es prêt à partir, d'accord ?

Joel éclata de rire, et porta son regard sur l'horizon de plus en plus gris.

— Tu es si impatient que ça de me voir quitter l'île ?

— Ce n'est pas ça. Tu sais que tu peux rester autant que tu le souhaites, mais…

— Mais tu ne veux pas que je sois là quand elle arrivera ?

— Pas particulièrement, non.

S'il n'était pas persuadé d'avoir mérité ça, Joel aurait pu se sentir offensé. Mais au cours de l'année écoulée, il s'était forgé une réputation de don Juan qui lui causait préjudice. Même si ce n'étaient que des élucubrations de journalistes, il n'avait pas pris la peine de remettre les pendules à l'heure en publiant un démenti.

— Je comprends.

— Écoute, Joel, je suis désolée. Tu es mon ami, mais il s'agit de la sœur d'Hannah, et je ne peux pas prendre ce risque. Tu n'as aucune retenue dès qu'il s'agit du sexe opposé, et…

— Tu te trompes ! J'en ai beaucoup, au contraire ! Je te rappelle que j'ai résisté aux avances de ta grand-tante, pas plus tard que l'été dernier !

Brendan laissa échapper un rire nostalgique.

— Ah, cette bonne vieille tante Mags ! Elle me manque.

— Pas moi !

— Je suis sérieux, Joel...

— Ne t'inquiète pas, mon pote, j'ai très bien compris ton message.

— Merci.

— Merci pour ton hospitalité.

— Tu as passé un bon moment ?

— Génial. Cet endroit ne me déçoit jamais.

— L'endroit ou... ses visiteuses ?

Joel rit à son tour.

— Tu me connais... Je suis toujours très sociable et poli avec les invités.

— Si seulement tu pouvais l'être autant avec ta famille !

Joel fit mine de ne pas avoir entendu.

— Bon, si tu changes d'avis, je serais ravi de rester et de faire visiter les environs à la petite sœur d'Hannah.

— Je croyais que tu avais un rendez-vous à Tokyo ?

— Ah bon ?

— Simon a appelé...

Voici que Brendan remettait sa famille sur le tapis !

— Et alors ?

— Ne parle pas comme ça !

— Qu'est-ce que tu ferais, à ma place, si ton petit frère se mettait à te surveiller ?

— Il est inquiet, c'est tout. Nous le sommes tous.

— Et moi, j'ai trente-cinq ans, je suis assez grand pour vivre ma vie sans qu'on me tienne la main. Bon, tu veux vraiment que je quitte cette île ?

— Joel, ce n'est pas ce que je voulais dire...

— C'est tout à fait ce que tu voulais dire !

Soudain, il remarqua une grande agitation, un peu plus loin sur la plage. Des employés surgissaient des jardins pour ramasser les transats et les parasols, et fermer les bungalows construits sur la plage...

— Écoute, Brendan, il faut que j'y aille. La tempête va bientôt frapper et il semblerait que ton personnel ait besoin d'un coup de main pour tout mettre à l'abri.

— Ils sont tout à fait capables de débrouiller tout seuls ! répliqua son ami. Je les paye pour ça !

— Et tu veux que je reste les bras croisés, à les regarder travailler ?

— Non. Tu as un avion à prendre avant que la tempête n'éclate !

— Ouais, ouais, tu as raison, mon pote...

Joel coupa la communication. Il se serait senti coupable s'il n'avait pas été aussi agacé par l'ingérence de son frère et l'inquiétude tenace de son ami.

Il se débrouillait très bien tout seul.

Quant à la petite sœur d'Hannah...

Le bruit d'un avion léger à l'approche lui fit lever les yeux. C'était sûrement l'invitée de Brendan. Il la saluerait, puis irait vaquer à ses occupations. Contrairement à ce que pensait son ami, il était tout à fait capable de se comporter en gentleman lorsque c'était nécessaire. Surtout lorsqu'il se trouvait en présence d'une femme « interdite », comme l'était cette visiteuse.

Ce qui lui convenait parfaitement, en l'occurrence. Il était célibataire et entendait bien le rester, car ce mode de vie lui plaisait. Pas question de se laisser entraîner là où il n'avait nulle envie d'aller.

Mais... il n'y avait rien de mal à flirter un peu, non ?

2

Jessie cligna des yeux, aveuglée par la lumière intense du soleil. Un peu plus loin, nichée dans la végétation luxuriante se tenait la plus spectaculaire villa qu'elle ait jamais vue. Mais la vraie surprise, c'était l'homme qui traversait le jardin, des planches de bois posées sur ses épaules tannées par le soleil...

Grand et musclé, il devait mesurer près d'un mètre quatre-vingts, et son sourire était... à tomber. C'était sans doute un employé au service du propriétaire, et elle n'aurait pas dû être surprise par son physique de rêve : elle était sur l'île Moustique et dans ce genre d'endroits, être beau faisait sans partie des critères indispensables pour décrocher ce genre de jobs.

Elle tentait en vain de détacher son regard de l'inconnu, quand Anton, le majordome, s'avança à sa rencontre. Vêtu d'un pantalon beige et d'une chemisette blanche impeccable, il avait l'air très sympathique, et son sourire était à la fois discret et chaleureux. Et, bien qu'il ait sans doute remarqué son pantalon de lin tout froissé, son chemisier qui avait connu des jours meilleurs et ses cheveux en bataille, ses yeux bruns n'exprimaient aucun dédain.

Mais... qui était l'autre homme ? Il ne portait pas

d'uniforme, comme les autres employés qu'elle apercevait autour de la villa. Était-il l'homme à tout faire, ou… un jardinier, peut-être ? Soudain, elle se sentit comme une intruse, dans ce lieu qui ne lui était pas familier : avion privé, personnel, piscine à débordement… Elle n'avait pas l'habitude d'un tel luxe, et elle se demanda pourquoi Brendan avait si facilement accepté qu'elle séjourne ici. Se pouvait-il qu'il ait des intentions cachées à l'égard de sa sœur ? Qui faisait ce genre de faveurs à quelqu'un qu'il connaissait à peine, à moins que ce soit pour quelqu'un… qu'il aimerait mieux connaître ?

Anton prit sa valise et lui sourit gentiment.

— Avez-vous fait bon voyage, mademoiselle Rose ? Nous allons vous servir un rafraîchissement, et je vous ferai visiter les lieux. M. Hart m'a dit que vous aviez fait tout ce chemin depuis l'Angleterre !

Elle acquiesça d'un sourire. Elle se sentait fatiguée, tout à coup.

— Ce serait formidable, mais j'aimerais d'abord prendre une douche, si cela ne vous dérange pas.

— Bien sûr. Si vous avez besoin de quoi que ce soit, n'hésitez pas à faire appel à nous.

— C'est merveilleux, merci.

— J'aimerais vous annoncer qu'il va faire beau, mais malheureusement…

Il s'arrêta et désigna le ciel.

— Alors, c'est vrai, il y a un ouragan qui arrive ? J'ai entendu le pilote dire quelque chose à la radio, mais j'espérais que la région serait épargnée…

— Ne vous inquiétez pas, nous ne serons pas touchés

directement, mais le temps va se gâter malgré tout. J'espère que le vol n'a pas été trop mouvementé.

— Non, non...

Menteuse !

— Les ouragans sont rares à cette époque de l'année, mais cette fois-ci, nous n'y échapperons pas.

Elle déglutit avec peine. Quelle malchance !

C'est alors qu'Anton ajouta d'un ton rassurant :

— Vous serez en sécurité, ici, mademoiselle Rose,

— Je fais quoi, avec ces planches, Anton ? Je les laisse ici ? lança soudain l'inconnu, derrière eux.

Il parlait l'anglais, nota-t-elle, et sa voix était si sexy qu'elle sentit une bouffée de chaleur l'envahir, qui n'avait rien à voir avec le climat tropical.

Anton avait dû être trop occupé à l'accueillir pour remarquer sa présence, car il se retourna d'un bond.

L'inconnu haussa ses épaules lourdement chargées, faisant gonfler ses pectoraux couleur de miel.

— Paolo m'a dit que vous vouliez les utiliser pour consolider la digue ?

Quand ses yeux se posèrent vers elle, elle sentit ses joues s'empourprer. Ils étaient d'un bleu clair et intense à la fois, qui rappelait celui de la mer, derrière eux. Elle détourna le regard, tandis qu'Anton répondait :

— Vous ne devriez vraiment pas...

— C'est bon, j'ai parlé à Brandon, coupa l'homme avant de reporter son attention sur Jessie, qui avait la terrible impression que ses genoux étaient sur le point de céder.

Il posa les planches et s'avança vers elle, main tendue, sous le regard réprobateur d'Anton.

— Enchanté ! Je m'appelle Joel.

Elle lui serra la main, mais elle devait vraiment avoir l'air stupide car il ajouta :

— Et vous ?

— Jessie !

Pour masquer son embarras, elle chassa de la main une mèche rebelle que le vent avait fait voler sur son visage et dit :

— Jessie Rose. Je suis venue en vacances !

— Ah oui ? répondit-il, une lueur moqueuse dans le regard.

Elle eut un rire nerveux.

— Eh bien, Jessie Rose la vacancière, je suis ravi de faire votre connaissance !

Près d'elle, Anton toussa discrètement.

— Nous pouvons nous charger de ces planches, monsieur...

— Je sais, Anton, mais c'est le moins que je puisse faire. Cela ne me dérange pas du tout.

Cette fois, Anton haussa les sourcils.

— Vous n'avez pas... plus important à faire ?

Son ton suggérait que c'était le cas, mais Joel haussa les épaules.

— Pas vraiment.

Et il tourna les talons, sous le regard résigné du majordome, qui laissa échapper un imperceptible soupir. Quel était le problème ? se demanda Jessie. N'était-ce pas une bonne chose que cet homme propose son aide ?

— Suivez-moi, mademoiselle Rose.

Après un dernier regard furtif à l'inconnu, elle emboîta le pas du majordome.

Depuis combien de temps n'avait-elle pas ressenti un tel trouble ? se demanda-t-elle en remontant l'allée bordée de palmiers. Même Adam ne lui faisait pas autant d'effet !

L'air frais climatisé lui fit le plus grand bien, et elle laissa échapper un soupir de satisfaction en découvrant le grand hall de la villa, sobrement décoré dans les tons blanc et gris.

— Waouh !

Anton sourit.

— Cela vous plaît ?

— J'ai l'impression d'être arrivée au paradis !

Le majordome approuva.

— C'est très paisible, ici, très zen.

Une jeune femme s'avança, vêtue d'une tunique immaculée portée sur un pantalon ample. Ses cheveux blonds étaient attachés en une queue-de-cheval lisse et un léger sourire flottait sur ses lèvres parfaitement maquillées. Elle tenait à la main un plateau avec un grand verre rempli d'un liquide rose et une brochette de fruits frais.

— Voici June, l'une de nos femmes de chambre. June, je vous présente Mlle Rose.

June inclina la tête et lui présenta le plateau.

— Mademoiselle Rose, bienvenue à la Villa Amani ! Puis-je vous offrir un punch ?

Il avait l'air délicieux, et les gouttes de condensation sur le verre lui donnèrent soif.

— Merci.

Elle en goûta une gorgée. C'était sucré, frais, avec juste la bonne dose d'alcool.

— C'est délicieux.

— Ravi que cela vous plaise, dit Anton. Maintenant, si vous voulez bien me suivre…

Émerveillée, elle détailla les lieux. Elle s'attendait à un décor tout en opulence, à l'image du jardin tropical environnant. Mais ici, le teck patiné et la pierre grise se fondaient dans les murs et les plafonds blancs, et on aurait dit que les immenses baies vitrées ouvraient directement sur le ciel et la mer...

C'était immense, et sa maison tout entière aurait pu tenir dans ce hall d'entrée. Elle suivit Anton dans un couloir aux planchers clairs et aux murs ornés de tentures colorées et de sculptures abstraites. Ici et là, un fauteuil garni de coussins moelleux invitait à la détente, et de généreuses plantes vertes rappelaient celles du jardin.

— Voici votre suite, dit Anton en désignant une grande porte, au bout du couloir. Mais si vous voulez, je peux vous faire visiter la villa.

Elle acquiesça, sans voix. Allait-elle vraiment rester ici un mois entier ?

Anton lui fit visiter toutes les pièces. Chacune était dédiée à une activité différente : cuisine, salle de lecture, de repos, de sport, de cinéma – avec sa machine à pop-corn et son bar... Combien de personnes cette maison accueillait-elle ?

Quand Anton lui avait dit qu'il y avait cinq chambres à coucher et un espace de yoga pour les visiteurs extérieurs, elle n'avait pas caché sa stupéfaction.

— Et voici votre chambre...

Fascinée par le doux clapotis d'une fontaine de style chinois qui occupait une alcôve, elle hocha lentement la tête, et elle eut l'impression qu'Anton se réjouissait de sa réaction.

Il poussa la double porte derrière lui et s'effaça pour la laisser entrer.

Cette fois, elle eut les larmes aux yeux. Le soleil brillait à travers les baies vitrées ouvrant sur une jolie piscine privée, fraîche et accueillante, avec son hamac suspendu entre deux palmiers d'un côté, et ses grands transats de l'autre. Un immense lit à baldaquin en bois sculpté garni d'oreillers somptueux et entouré de moustiquaires occupait le centre de la chambre.

Des tableaux abstraits étaient accrochés aux murs et des tapis ornaient le plancher de bois exotique. Au plafond, un ventilateur diffusait sa fraîcheur apaisante... C'est alors qu'elle huma un parfum floral, mélange de jasmin et d'ylang-ylang. Se pouvait-il qu'il l'ait suivie pendant toute la visite, si subtil qu'elle ne l'avait même pas remarqué ? Elle réprima un rire devant tant d'extravagance.

— C'est magnifique, Anton.

— Je suis heureux que cela soit à votre goût.

Il indiqua un escalier, sur la gauche.

— La salle de bains se trouve à l'extérieur... Il y en a une autre un peu plus loin, près du dressing. Vous disposez aussi d'un bar, dans un coin du salon. S'il manque quelque chose, faites-le nous savoir. Vous pouvez nous joindre à tout moment de jour comme de nuit, grâce à ce téléphone...

— Oh ! je suis sûre que ce ne sera pas nécessaire, murmura-t-elle.

Elle sourit au majordome.

— Pour l'instant, je ne rêve que d'une chose...

Il inclina aussitôt la tête.

— Une bonne douche. Par ici, mademoiselle...

— Appelez-moi Jessie, je vous en prie.

Il fronça imperceptiblement les sourcils, comme s'il était contrarié, puis acquiesça.

— Comme vous voudrez... Jessie.

— Merci, Anton.

Il la conduisit jusqu'à la salle de bains et lui désigna la cabine de douche.

— Puis-je faire autre chose pour vous ?

— Non, je vous remercie, Anton.

Le majordome s'éclipsa aussitôt.

Joel se retourna et vit Jessie disparaître dans la villa, guidée par un Anton perplexe.

La jeune femme lui avait fait beaucoup d'effet, et il se demanda si ce n'était pas précisément parce qu'elle lui était interdite.

Il la trouvait charmante, à sa manière un peu… décalée. Ses cheveux auburn tombaient naturellement sur ses épaules, et elle n'était pas maquillée, à en croire les taches de rousseur qui piquetaient son nez. Ses longs cils soulignaient des yeux d'un bleu si vif qu'il avait eu l'impression de s'y noyer avant même qu'elle n'ait prononcé un mot.

Il n'avait ressenti ce genre d'attirance qu'une seule fois auparavant, songea-t-il. Ensuite, il était tombé amoureux et il avait tout perdu…

Il laissa échapper un juron. Pour rien au monde il ne revivrait cet enfer ! La gorge nouée, il prit une profonde inspiration.

Interdite. Oui, il devait se tenir à distance de cette femme, car elle représentait tout ce qu'il ne pouvait pas avoir. S'il réagissait ainsi, c'était par pur esprit de rébellion.

Pourtant, il se serait volontiers écarté du droit chemin avec elle. Son charme innocent lorsqu'elle lui avait souri, que sa voix s'était brouillée, était… si rafraîchissant qu'il aurait du mal à résister. Dans son univers, les femmes voulaient tout posséder, y compris les hommes. Jessie, elle, semblait... différente.

Mais il ne devait pas la courtiser, se rappela-t-il. Il avait des ordres...

Mais ... depuis quand reçois-tu des ordres de qui que ce soit ?

Ignorant la petite voix intérieure qui ne manquait jamais de lui attirer des ennuis, il partit à la recherche de Paolo. Il appellerait bientôt l'aéroport pour obtenir des informations sur son vol. Il n'était pas pressé de partir, surtout maintenant...

Au moins, il se rendait utile en restant ici. Mais Brendan n'en serait pas ravi. Son meilleur ami lui reprocherait de ne pas avoir laissé ses employés s'acquitter seuls de leurs tâches. Mais bon sang, ce n'était pas dans ses habitudes de rester assis pendant que les autres travaillaient ! Même s'il avait quitté l'entreprise familiale pour vivre sa vie à fond, il n'avait jamais, même lorsqu'il dirigeait *Austin Industries* alors en plein essor, apprécié de voir les autres s'agiter pendant qu'il restait les bras croisés.

Et le fait de s'occuper avec ses mains atténuait un peu le tumulte incessant qui lui usait le cœur...

3

Après s'être douchée et avoir pris des nouvelles de sa grande sœur, Jessie se rendit dans la grande cuisine, remarquablement équipée.

Tout cela était-il vraiment pour elle seule et pour le personnel ? Jusqu'à présent, elle n'avait rencontré que cinq personnes : après Anton, June, Joel, on lui avait présenté Vittorio, le chef cuisinier, et la gouvernante, Margot.

Tout le monde s'était montré amical et accueillant, lui demandant ses préférences en matière de nourriture et d'horaires de repas, de services en tout genre – et s'étonnant qu'elle se montre aussi peu exigeante. Elle ignorait s'ils répugnaient à s'occuper de quelqu'un qui n'était manifestement pas à sa place, ou s'ils étaient déconcertés. Quoi qu'il en soit, ils ne firent aucun commentaire. Ils se contentèrent de sourire, de hocher la tête et de prendre note.

Maintenant, alors qu'elle inspectait le réfrigérateur bien garni, elle comprenait que ses réponses aient pu les surprendre.

Elle se servit un verre de délicieux jus de fruit, puis se dirigea vers ce qui ressemblait à un jardin potager.

— Oh ! mademoiselle Rose !

Elle se retourna et découvrit June qui, les bras chargés de linge, fixait le verre qu'elle tenait à la main.

— Vous auriez dû appeler, je vous l'aurais apporté.

Jessie sourit.

— Je n'y ai vraiment pas pensé… Mais je peux très bien m'en charger moi-même, vous savez.

Les sourcils manucurés de June se levèrent, et ses lèvres formèrent un « O » de surprise.

— Mais…

— Ce n'est rien, June…

Le pouls de Jessie réagit à cette voix avant même que son propriétaire ne fasse son apparition. Fraîchement douché, à en juger par ses cheveux humides retenus par une paire de lunettes de soleil, il était vêtu d'un short bleu marine et d'un T-shirt blanc qui moulait avantageusement son torse.

Joel était tout aussi séduisant ainsi vêtu qu'à moitié nu, songea Jessie.

Mais elle se ressaisit bien vite et lança :

— Joel ! Je ne vous avais pas vu.

Sans lui répondre, Joel s'adressa à June.

— En tant qu'invitée, si Jessie veut aller chercher sa propre boisson, elle peut le faire, vous savez…

— Bien sûr, c'est juste que…

— Vous voulez faire votre travail, je le sais, mais si Jessie a envie de se servir elle-même, elle doit pouvoir le faire.

La femme de chambre rougit de plus belle, et acquiesça avant de disparaître.

— Merci, s'empressa de dire Jessie.

— Pour quoi ?

— Pour avoir couvert mon… faux pas.

— Ce n'est rien, voyons. Il faut lui pardonner. Elle a peur

de subir les foudres de sa grand-mère si elle ne s'occupe pas correctement de toi.

Si ce tutoiement soudain la surprit, de la part d'un employé, elle n'en laissa rien paraître et l'adopta à son tour. C'était peut-être sa manière de lui témoigner sa sympathie ?

— Sa grand-mère, tu dis ?

— La vieille Margot.

— J'ignorais qu'elles étaient parentes.

— Margot lui a confié la maison pendant qu'elle et Vittorio s'assurent que nous soyons suffisamment approvisionnés au cas où la tempête se prolongerait.

Elle dut pâlir car il fronça les sourcils.

— Ne t'inquiète pas, ça va aller.

Il désigna sa boisson.

— Ça a l'air bon. C'est de la mangue ?

Il s'avança vers elle, et elle perçut les effluves boisés de son after-shave.

— Tu permets ?

Elle lui tendit son verre, mais elle s'écarta en comprenant qu'il voulait en fait attraper un verre sur l'étagère, derrière elle.

Il lui lança un regard qu'elle s'efforça d'ignorer, soulagée que June n'en soit pas témoin. Ses battements de cils à l'approche de Joel avaient trahi la jeune domestique, suggérant qu'elle avait un faible pour lui.

Et s'ils sortaient ensemble ?

Eh bien, June avait de la chance !

Ou pas ! Jessie avait déjà succombé à un homme comme lui, à ses sourires ravageurs, à ses beaux yeux azur, et cela s'était très mal terminé. Comme le visage d'Adam se superposait dans son esprit à celui de Joel, elle ferma un instant les yeux.

— Tu n'aimes pas ça ?

Ses yeux rencontrèrent les siens.

— Oh ! si ! J'adore le jus de mangue.

Il sourit.

— Moi aussi. Margot en prépare tous les matins.

Il prit plusieurs longues gorgées, puis déclara avec un sourire satisfait :

— Je ne sais pas exactement comment elle fait, mais je n'ai jamais rien goûté d'aussi bon !

— Il faut dire qu'elle a tout à portée de main, répondit-elle. Le verger a l'air de donner beaucoup de fruits.

Elle s'attendait à ce qu'il passe à autre chose, maintenant qu'il avait bu son verre, mais il s'adossa confortablement au comptoir, la prenant au dépourvu. Comme leurs regards se croisaient de nouveau, elle sentit ses joues s'enflammer, et un irrésistible élan la pousser vers lui.

Chat échaudé craint l'eau froide, Jessie…

Mais son corps n'écoutait pas. Sans doute un effet de ses hormones, restées trop longtemps en sommeil depuis l'échec de sa relation avec Adam.

— Alors, que penses-tu de cet endroit ? demanda-t-il soudain.

— Euh…

Son sourire s'élargit tandis qu'il désignait les alentours d'un geste circulaire.

— Tu veux dire… de la villa ?

Était-ce normal qu'un jardinier, et donc un employé, se serve dans le réfrigérateur et discute avec les invités ?

Et si… Joel n'était pas celui qu'elle croyait ? Dans le doute, elle décida de poursuivre cette conversation.

— Je ne savais pas qu'une telle perfection existait, répondit-elle, admirative. Enfin… je le savais, mais je n'aurais jamais pensé séjourner dans un lieu pareil !

— J'espère que tu en profiteras. As-tu déjà exploré le domaine ?

— Anton m'a montré la piscine, les courts de tennis, la salle de yoga…

Il acquiesça.

— Tous les endroits les plus fréquentés. Mais rien ne vaut les cachettes secrètes…

Il lui adressa un clin d'œil qui fit bouillir son sang dans ses veines.

— Des cachettes secrètes ?

— Là où la vue est exceptionnelle et où le personnel ne s'aventure pas…

— Et… tu sais où elles se trouvent ?

— Bien sûr.

— Tu pourrais me les montrer ?

Elle rougit aussitôt, honteuse de son audace.

— Pourquoi pas ?

Elle sourit, toute gêne envolée.

— Est-ce une proposition ?

— Est-ce que tu réponds toujours à une question par une autre question ?

— Je crois que c'est toi qui as commencé.

Il éclata d'un rire franc, et elle eut soudain l'impression qu'un millier de papillons s'envolait dans son ventre.

— En effet. Viens, j'ai un peu de temps avant de partir.

— Maintenant ?

— Oui, avant que le temps ne se gâte.

Elle grimaça.

— Est-ce que… ça va être si terrible que ça ?

— J'espère qu'il ne s'agira que de quelques jours de chaos avant qu'on puisse retrouver le soleil et le paradis.

— Tant mieux !

Il pencha la tête et but une nouvelle gorgée de son jus de fruit avant de demander.

— Tu as peur d'un peu de mauvais temps ?

— Disons que… les ouragans ne sont pas très courants au Royaume-Uni.

— Et pourtant, tu as choisi de passer tes vacances ici ?

— Je n'ai pas vraiment choisi… On m'a un peu poussée. Avant de venir, j'ai fait une recherche sur Google et je me suis dit que soixante ans sans tempête sérieuse, c'était plutôt sûr. Manifestement, je me suis trompée…

Intrigué, il répéta :

— On t'a poussée à venir ici en vacances ?

Elle se mordit la lèvre.

— Désolée, ce n'est pas ce que je voulais dire. Je ne suis pas ingrate à ce point !

— Sans doute pas, mais c'est une façon… intéressante de présenter les choses.

— Cela fait longtemps que je n'ai pas pris de vacances et je suis un peu désorientée.

Rêvait-elle, ou voyait-elle dans son regard quelque chose qui s'apparentait à de l'empathie ? Comme s'il était déjà passé par là, lui aussi ? À moins qu'il ne se montre un peu… condescendant, comme Adam ?

Elle ouvrit la bouche pour s'expliquer, mais il la devança.

— Soyons réalistes : tu es à des milliers de kilomètres

de chez toi, dans un endroit où tu ne connais personne et où la météo peut se montrer très capricieuse, alors je pense qu'il est normal que tu te sentes un peu désorientée… même si tu es au paradis.

Ces paroles sincères la réconfortèrent.

— Merci. Grâce à toi, je me sens un peu moins ridicule.

Il l'observa un moment en silence, puis s'éloigna du comptoir.

— Bon, viens, je t'emmène faire cette visite.

— Tu es sérieux ?

— Complètement !

— Je n'ai pas besoin d'un guide, tu sais…

Il lui offrit un sourire nonchalant.

— Je sais, mais j'aimerais m'assurer tu découvres ce que cet endroit a de mieux à offrir.

— Tu… n'as pas autre chose à faire ?

Comme travailler, par exemple…

— Non, j'ai fait ce que j'avais à faire pour la journée.

— Alors… ta journée est terminée ?

— On peut dire ça, oui.

Il posa son verre sur le côté et sembla sur le point d'ajouter quelque chose, lorsque la voix d'Anton se fit entendre.

Il ouvrit la porte.

— Après toi… J'arrive tout de suite.

Il retourna dans la cuisine et revint quelques instants plus tard, deux bouteilles d'eau à la main.

— Pour la randonnée…

— La randonnée ?

— Tu verras. Cela en vaut la peine, je te le promets.

Elle tenta de maîtriser sa nervosité. Où allaient-ils, au juste ? Et comment diable avait-elle accepté de partir avec un parfait étranger dans un endroit qu'elle ne connaissait pas ?

Vis un peu, Jessie...

Une nouvelle fois, la voix de sa mère résonna dans sa tête. Mais celle-ci n'aurait-elle pas pensé qu'elle allait trop loin ? Et Hannah ? Pourtant, sa sœur la poussait à profiter de la vie, à oser, à sortir de sa zone de confort...

Joel avait l'air de savoir ce qu'il faisait, et s'il lui proposait de passer un peu de temps avec elle, eh bien, pourquoi pas, après tout ? Grâce à lui, elle redeviendrait peut-être, même brièvement, celle qu'elle était avant l'accident de sa mère, avant sa rupture avec Adam.

Elle sourit, d'humeur soudain plus légère pour la première fois depuis longtemps.

Joel avait mauvaise conscience. Certes, il aurait peut-être dû lui dire la vérité dès qu'il avait compris qu'elle le prenait pour un membre du personnel.

Mais il n'avait pas pu résister au plaisir de rester un anonyme, en quelque sorte. Qu'une femme aussi... normale que celle-ci le traite avec autant de gentillesse, de naturel, le faisait se sentir soudain plus fort, plus sûr de lui.

Quelqu'un qui ne connaissait pas son passé et ne se souciait pas de son avenir... c'était trop beau !

Et où était le mal, après tout ?

Il lui montrerait le plus bel endroit de l'île, puis il partirait comme promis. Il ne commettrait aucune faute, ne trahirait pas sa promesse.

Il partit en direction de la côte, et choisit le chemin le plus ombragé, qui grimpait à travers les palmiers.

— Il fait vraiment beau ici, dit-elle soudain, mais je ne sais pas comment tu fais pour supporter cette chaleur !

— On s'y habitue...

Elle prit une grande inspiration, puis expira lentement.

— L'air sent très bon, aussi.

— C'est grâce à toutes ces fleurs. Ici, les bougainvilliers poussent tout seuls et ces petites fleurs blanches que tu vois là, c'est du jasmin étoilé. Les frangipaniers ont aussi un parfum très agréable... Je suis heureux de ne pas souffrir du rhume des foins. J'imagine que tu n'en souffres pas non plus ?

Elle secoua la tête et plissa les yeux dans le soleil pour admirer les arbres.

— Ils sont magnifiques.

— Et tu aurais dû apporter tes lunettes de soleil.

Il enleva les siennes et les lui tendit.

— Tiens, je te les prête.

— Mais non, voyons !

— Mais si ! Elles ne te plaisent pas, c'est ça ?

— Ce n'est pas ça, mais...

— Et si je te promets de ne pas rire.

Elle secoua la tête, puis céda et chaussa les lunettes.

— Super ! Elles te vont à merveille !

Ils marchèrent quelques instants en silence, puis elle dit :

— Je l'avoue : je croyais que l'île s'appelait « Mystique » et non « Moustique ».

— Mystique ? C'est joli... C'est plus poétique que les sales bestioles dont l'île tire son nom, en tout cas !

— C'est sûr...

Elle secoua la tête, essuyant la sueur de son front du revers de la main tandis qu'il lui tendait une bouteille d'eau.

— Merci.

Il essaya de ne pas la regarder boire, de ne pas fixer l'arc délicat de son cou lorsqu'elle pencha la tête en arrière.

— Oublie cette histoire de moustiques ! dit-il. Ce serait dommage de gâcher le romantisme de l'île à cause de ça.

Elle le gratifia d'un sourire étrange, mélange d'innocence et d'audace.

— Je voyage seule, alors le romantisme n'est pas... ma priorité.

Son pouls s'accéléra.

— Je vois, répondit-il simplement.

Il continua d'avancer, les yeux rivés sur la piste, puis demanda.

— Que sais-tu de cette île ?

— À part qu'elle doit son nom à un insecte qui pique, pas grand-chose, avoua-t-elle.

Il écarta de leur chemin une branche de palmier, avant d'expliquer :

— Elle a été achetée par un riche seigneur écossais dans les années 1950. Il n'y avait ni route, ni jetée, ni eau courante à l'époque... Il a entrepris de grands travaux, et a fait don d'une grande partie des terres à la princesse Margaret, ce qui était très malin de sa part.

— Pour pouvoir toucher les riches et célèbres ?

— Précisément. C'est maintenant une île qui appartient à des propriétaires privés et peut être visitée par des chanceux dans ton genre...

— Je me sens très privilégiée, en effet... Oh !

Tandis qu'ils émergeaient du sous-bois, elle porta la main à son cœur en découvrant la mer.

Les eaux turquoise s'étendaient sur des kilomètres,

et il lui montra Saint-Vincent et les Grenadines, que l'on apercevait au loin, ainsi que quelques voiliers, minuscules points blancs dans cette immensité.

— Je m'étonne que ce sentier ne soit pas plus emprunté, murmura-t-elle en s'appuyant au tronc d'un palmier courbé par le vent.

— On ne peut y accéder que depuis la villa et, comme tu as pu le constater, il grimpe un peu. Mais avec la brise et l'ombre des palmiers, on peut rester ici pendant des heures, à admirer la vue…

Il la rejoignit, sans quitter des yeux l'océan.

— Si tu restes tranquille, sans faire de bruit, un ami viendra te rejoindre.

Elle sourit, étonnée.

— Un ami ?

— Une tortue, un iguane, un héron, peut-être même un colibri…

— Pas étonnant que tu aies choisi de travailler dans un endroit comme celui-ci, répondit-elle. Si j'en avais eu l'opportunité, j'aurais peut-être fait la même chose.

Il y avait quelque chose de si nostalgique, de si triste dans sa voix que de nouveau, il se sentit coupable de ne pas l'avoir détrompée sur son identité.

— Tu as l'air de penser que ça ne peut plus se produire ?

Elle rit.

— Oui, j'ai un peu l'impression d'avoir dépassé ce stade.

Il eut un rire incrédule.

— Pourtant, tu ne dois pas avoir plus de vingt ans…

— Vingt-huit.

Elle était plus âgée qu'il ne l'aurait cru, ce qui ne la rendait pas plus accessible pour autant.

— Il te reste beaucoup de temps pour changer le cours de ta vie et faire quelque chose de différent, si tu le souhaites… Qu'est-ce que tu fais, en ce moment ?

Elle fronça les sourcils.

— Pas grand-chose, je dirais.

— C'est-à-dire ?

Peut-être avaient-ils plus en commun qu'il ne l'avait cru. En voyant son regard s'assombrir et ses bras se crisper légèrement, il se demanda s'il n'était pas allé trop loin.

Mais elle haussa les épaules et répondit :

— J'avais un travail, une vie, je savais ce que je voulais, ou du moins je le croyais. À Londres, j'avais une carrière, un fiancé…

— Mais plus maintenant… ?

Il ne voyait pas ses yeux, mais il n'en avait pas besoin – il savait qu'ils ne brillaient plus. Il avait gâché le moment avec ses questions indiscrètes. Or il aurait dû savoir mieux que quiconque quand il fallait s'arrêter.

— Tu n'es pas obligée d'en parler, Jessie, pas si tu ne veux pas.

Soudain, il fut pris d'une folle envie d'ôter ce poids de ses épaules, de lui rendre son sourire, sa légèreté…

Elle pencha la tête, remonta ses lunettes de soleil et le regarda avec une franche curiosité.

— Cela t'arrive-t-il souvent ? Que les gens te racontent leurs problèmes dès qu'ils te rencontrent ?

Jamais.

Pas quand ils savaient qui il était, et ce qu'il avait traversé… C'est peut-être pour cela qu'il se sentait si à l'aise avec elle, qu'il voulait aller plus loin, et apprendre à la connaître aussi longtemps que cette mascarade durerait.

Il eut un sourire malicieux.

— Je peux être ton confident, si tu veux.

Sa bouche s'étira en un sourire aussi doux que le soleil déclinant.

Il s'assit près d'elle, sur le tronc du palmier, et allongea ses jambes.

— Maintenant, continue…

Il attendit patiemment qu'elle parle, et lorsqu'elle le fit, sa voix était empreinte d'une grande tristesse.

— Ma mère a eu un accident il y a quelques années. Elle a été gravement blessée…

— Je suis désolé…

— J'ai quitté mon travail et mon appartement en ville pour m'installer à la maison et m'occuper d'elle. Je n'y ai pas vraiment réfléchi, je l'ai fait, c'est tout. Elle avait besoin de moi, et entre ma sœur et moi, c'était logique que je m'en charge.

— Ton père n'était pas disponible ?

Elle eut un rire amer.

— Je ne l'ai pas vu depuis mes six ans et crois-moi, c'est mieux comme ça. Ils ne faisaient que se disputer, maman et lui. Ma sœur, Hannah, a dix ans de plus que moi. À l'époque, elle essayait de me protéger, mais malgré mon jeune âge, je comprenais tout. Et puis, un jour, j'ai vu les bleus sur les bras de ma mère.

La gorge nouée, il serra les poings.

—Je suis désolé, Jessie.

Elle haussa les épaules.

— Mais c'est de l'histoire ancienne. Quand il est parti, nous sommes restées toutes les trois. Et c'était très bien comme ça.

— J'imagine…

Mais le pouvait-il vraiment, alors que sa vie familiale avait été idyllique, en comparaison ? Son père et sa mère formaient un couple uni, heureux. Ses frères et sœurs s'entendaient bien, et s'entraidaient. Rien à voir avec ce qu'elle décrivait.

— J'avais l'impression d'avoir une dette envers Hannah, alors j'ai pris soin de maman comme elle avait pris soin de moi pendant si longtemps.

Il acquiesça.

— Comment va ta mère maintenant ?

En voyant son regard se troubler, il devina la réponse et se maudit une fois encore d'avoir posé la question.

— Elle est morte il y a six mois, répondit-elle d'une voix blanche. Je n'ai rien pu faire.

Il n'aurait pas dû insister sur ce point, car pour elle, c'était visiblement douloureux.

Il se sentait impuissant. Il aurait voulu la prendre dans ses bras pour la consoler, mais comment accueillerait-elle ce geste ? Après tout, il n'était qu'un étranger, pour elle. Pire encore, il n'était pas celui qu'elle croyait.

— Jessie…

Elle frotta doucement le sable du bout du pied.

— C'était un soulagement de ne plus la voir souffrir, mais je donnerais n'importe quoi pour lui dire que je l'aime à nouveau. Pour l'entendre rire encore une fois…

Ces mots touchèrent une corde sensible en lui, et il se sentit soudain incapable de parler.

— Maintenant qu'elle est partie, je suis désemparée…

Tout à coup, Jessie leva les yeux vers les siens, puis murmura :

— Tu as perdu quelqu'un, toi aussi ?

Il ne fut pas surpris qu'elle l'ait découvert. Sous son regard attentif, il se sentait mis à nu. Alors qu'il n'en parlait jamais à personne, il avait envie de tout raconter à cette femme qu'il connaissait à peine, dans l'espoir de déposer enfin ce fardeau trop lourd à porter.

— Mon père est mort...

Son père, et Katie, sa femme, l'amour de sa vie...

Mais il ne pouvait pas parler de Katie sans mettre son cœur à vif, or il n'était pas prêt pour ça, il ne le serait probablement jamais.

— C'était inattendu. Une crise cardiaque alors qu'il était en voyage d'affaires. Une minute il était là, celle d'après...

Sa vie avait basculé, et il avait vendu son âme au diable en travaillant si dur qu'il avait négligé la personne qui comptait le plus au monde.

— Tu n'as pas pu lui dire au revoir...

La pitié brillait dans son regard mais contrairement à d'habitude, cela ne suscita pas sa colère.

— Oui, et il y a des choses que j'aurais aimé lui dire...

Elle acquiesça, et il ne put s'empêcher de fixer l'arc délicat de son cou, la peau fine et blanche où il avait une folle envie de poses ses lèvres.

Cette idée était bien plus réjouissante que la conversation qu'ils avaient engagée, mais il lui devait la vérité.

— Je suis l'aîné, et j'étais censé suivre les traces de mon père. Je savais tout de lui et vice versa. Il était fier de moi et, même s'il ne l'a jamais dit, je crois qu'il nous aimait à sa façon, mes frères et sœur et moi...

— Tu *crois* ?

— Non, j'en suis sûr. Mais c'était un homme exigeant,

taiseux, pas du genre à étaler ses sentiments ni à parler de lui.

Mais sa mort avait tout exposé, tout révélé. Ce terrible accident avait fait de Joel l'homme qu'il était devenu, un bourreau de travail ne prêtant aucune attention à ce qui se passait au-delà des murs de son bureau. Le portrait de son père.

— Et ta mère, elle est toujours vivante ?

Il acquiesça.

— Très vivante et très mère poule ! La mort de papa l'a anéantie, mais nous nous sommes tous mobilisés pour prendre soin d'elle. Ma sœur plus que nous, d'ailleurs. J'ai l'impression que nous, les hommes, nous ne sommes pas... tout à fait en phase avec notre côté le plus doux, le plus féminin.

Elle sourit et se pencha pour lui donner un léger coup d'épaule ? Quand sa peau frôla la sienne, il eut l'impression qu'une étincelle jaillissait entre eux. Éprouvait-elle la même chose ?

— Oh ! je ne pense pas que tu sois la brute que tu crois être.

Sa voix était douce, ses yeux plus doux encore.

— Ah bon ? murmura-t-il. Est-ce que j'ai l'air d'une mauviette ?

— Pas le moins du monde. Je dirais plutôt que tu es une noix.

Il rit de bon cœur. Qu'est-ce qu'elle racontait ?

— Je suppose que tu n'as jamais entendu parler de cette analogie. Elle est de Mohammed Ali, le boxeur...

— Pas vraiment, mais je suis tout ouïe...

— Il l'utilisait pour décrire les gens et leur personnalité. Comme une noix, tu es dur à l'extérieur et doux à l'intérieur.

— C'est plutôt bien vu. Et si je suis une noix, tu es quoi, toi ?

— Moi ?

Il sourit doucement.

— Oui.

Elle posa la main sur sa poitrine et dit avec assurance.

— Je suis un grain de raisin. Doux à l'extérieur et...

— ... à l'intérieur aussi, acheva-t-il à sa place, tandis que son cœur battait à tout rompre.

Sans pouvoir s'en empêcher, il posa la main sur son bras. Il savait qu'il ne fallait pas, son ami le lui avait interdit, mais...

Elle leva vers lui un regard étonné, et posa la paume sur sa joue.

— Tu es peut-être une noix, mais tu n'as pas de ride.

Enhardi, il lui caressa la joue à son tour.

— Et ta peau... est plus douce que celle d'un raisin.

Il fit glisser son pouce sur ses lèvres, puis effleura l'endroit où battait son pouls, dans son cou, et enfouit les doigts dans ses cheveux de soie.

Autour d'eux, l'air se fit lourd, épais, et seul le bruit des vagues ponctuait le silence qui s'installait.

Doucement, il se pencha vers elle...

4

Quand ses lèvres se posèrent sur les siennes, le plus doucement du monde, elle cessa de penser, et son corps réagit aussitôt. Elle s'abandonna entre ses bras, tandis qu'il laissait échapper un grondement étouffé, presque douloureux…

— Tu as aussi meilleur goût que le raisin…

Elle respira ses paroles, et sentit ses lèvres s'incurver contre sa bouche. Puis ses mains glissèrent sur sa taille et il la serra plus fort encore contre lui, lui coupant le souffle.

Cette fougue ne l'arrêta pas, bien au contraire. Tout ce qu'elle voulait, c'était que cela ne s'arrête jamais…

Lorsqu'elle sentit son sexe durci contre son ventre, elle s'embrasa. Son souffle était aussi court que le sien, et il sentait la mer et le jus de mangue, un cocktail si addictif qu'il l'enivrait déjà.

Dans un éclair de lucidité, elle songea qu'il ne fallait pas, qu'elle le connaissait à peine… Mais c'était si bon qu'elle ne songea même pas à résister. Joel, elle le sentait, avait le pouvoir de la faire renaître à la vie.

— C'est de la folie, murmura-t-elle entre deux baisers.

— Tu as raison.

— Mais je ne veux pas arrêter.

— Tu as raison aussi.

Éperdu, il prit sa bouche, et elle perdit le contrôle.

— Joel ? Jessie ?

Ils se séparèrent à la hâte et tournèrent la tête. C'était Anton !

Elle croisa les bras sur sa poitrine dans l'espoir de dissimuler les pointes de ses seins qui saillaient sous son T-shirt.

Anton s'éclaircit la gorge, les yeux fixés au loin.

— Je suis désolé de vous interrompre, mais M. Hart vous demande.

— Qui ça, moi ?

Elle porta la main à sa gorge, où son cœur battait follement.

— Non, vous... dit Anton en regardant Joel d'un air plein de reproches.

Oh ! mon Dieu ! Joel allait se faire congédier, c'était sûr !

— Écoutez, Anton, ce n'est pas ce que...

Joel la fit taire d'un geste et lança :

— Je vais l'appeler tout de suite.

Il se passa la main dans les cheveux et lui adressa un bref regard. Son expression était indéchiffrable, mais sa pâleur soudaine en disait long.

— Il est sur son portable, je suppose ? demanda-t-il à Anton.

Sa voix était étonnamment maîtrisée maintenant. Comment un homme pris en flagrant délit, et qui risquait de perdre son emploi, pouvait-il être aussi... sûr de lui, presque autoritaire ?

— Oui.

Comme Anton acquiesçait, Joel lui adressa un sourire navré.

— J'ai été ravi de te rencontrer, Jessie. Je suis désolé de devoir te dire au revoir.

— Au revoir ?

Perplexe, elle le regarda. S'il pensait perdre son poste, il ne serait pas aussi détendu. Et s'il n'était pas congédié, il serait toujours là demain, après-demain et le jour d'après. Peut-être pourraient-ils se revoir, et…

— Qu'est-ce qu'il y a ?

Des yeux bleus inquiets cherchaient les siens et elle réalisa, un peu tard, qu'Anton attendait qu'elle réponde, lui aussi.

Elle se força à sourire et se passa la main sur sa nuque.

— Bien sûr. J'espère juste que tout ira bien… pour toi.

Ces excuses non formulées étaient claires : elle était désolée de l'avoir mis dans une situation délicate, et de lui avoir causé des ennuis.

En revanche, son corps, lui, exultait d'être revenu à la vie, au désir… grâce à lui. Ce qu'il lui avait fait ressentir était fort, intense, dévorant.

— Absolument. Anton te raccompagnera à la villa, d'accord, Anton ?

Anton hocha la tête et, s'il était gêné par l'air autoritaire de Joel et l'inversion des rôles, il ne le montra pas.

— Mais on se voit plus tard, n'est-ce pas ? balbutia-t-elle.

— Je vais voir ce que je peux faire…

Brendan décrocha dès la première sonnerie.

— Tu es censé être en vol, non ?

— Et toi, tu es censé travailler. Nous ne sommes pas tous irréprochables aujourd'hui, n'est-ce pas ?

— Joel, sérieusement ! Simon veut que tu ailles à Tokyo.

— Simon veut que je sois là parce qu'il ne m'a pas vu depuis des mois. C'est tout. Et c'est si grave ?

Joel prit une profonde inspiration dans l'espoir de chasser la culpabilité qui s'emparait de lui.

— Écoute, les affaires vont bien, l'empire des Austin n'a pas besoin de moi pour fonctionner, et mes frères doivent s'habituer à travailler sans moi. Ils se sont assez bien débrouillés jusqu'à présent.

— Et comme tu l'as déjà fait remarquer, il ne s'agit pas que d'affaires. Ta sœur souhaite que tu assistes à ses fiançailles. Je pense même qu'elle a peur que tu ne viennes pas.

— Je serai là.

— Mais tu n'as pas répondu et la date limite était...

— Bon sang, Brendan ! Si je dis que je serai là, je serai là.

— Tu te souviens de la date ?

— Oui, mentit-il.

— Je vais faire semblant de te croire, alors.

— Merci, mon frère. L'interrogatoire est terminé ou je peux retourner faire mes valises ?

— Anton m'a dit que tu avais fait visiter les environs à Jessie ?

—En effet.

— Comment va-t-elle ?

Surpris, Joel s'interrogea. Brendan ne lui avait-il pas ordonné en termes très clairs d'éviter la jeune femme ? Dans ce cas, pourquoi lui demander comment elle allait ?

— Euh... Il me semble que pas plus tard que tout à l'heure, tu ne voulais même pas que je la croise ?

— Oui, mais puisque vous devez vous croiser, inutile de se montrer grossier !

Il y eut un silence à l'autre bout de la ligne, puis Brendan lança :

— Joel ? Tu vas partir, maintenant, n'est-ce pas ?

Oui. Non qu'il en ait envie, et encore moins maintenant. Jessie l'attirait comme un aimant, et il ne pouvait s'empêcher de penser à…

— Joel ? Tu es toujours là ?

— Quoi ?

— Tu m'écoutes ?

— Bien sûr.

— Tu sais que les vols sont interdits après la tombée de la nuit et que la tempête ne va pas attendre ton départ ?

— Oui, oui, je sais.

Dans la clairière, il aperçut Paolo qui l'attendait, assis au volant de la jeep du domaine.

— Brendan, merci de m'avoir accordé un peu plus de temps.

— Avec plaisir, mon pote.

Moins d'une heure plus tard, Joel était en route pour l'aéroport. Peut-être qu'un petit séjour à Miami lui ferait du bien. Il y avait beaucoup à faire. Beaucoup à voir, et de quoi se distraire.

Mais il n'y aurait pas Jessie…

Dire qu'il n'avait même pas pu lui dire au revoir ! Un baiser torride, et cette aventure était finie avant même d'avoir commencé !

Il pourrait toujours la revoir, songea-t-il, même si cela déplaisait à Brendan. Jessie en valait la peine, même si elle était trop bonne, trop douce pour un homme comme lui.

— Jessie est vraiment charmante, n'est-ce pas, monsieur ?

Il jeta un coup d'œil à Paolo. L'homme lisait-il dans ses pensées ?

— Pourquoi me...

Un bruit d'explosion les fit sursauter. Dans un cri, Paolo agrippa le volant de la jeep qui commençait à tanguer.

— Le pneu a éclaté ! Tenez bon ! s'écria-t-il.

Accroché à la portière, Joel vit l'étroite route de terre, la falaise abrupte qui plongeait dans l'océan...

Il ferma les yeux.

Es-tu bien installée ? L'endroit est-il aussi merveilleux qu'on le dit ?

Jessie sourit en découvrant le message d'Hannah. Depuis son escapade avec Joel, elle se sentait beaucoup plus à l'aise ici. Elle aurait voulu passer plus de temps avec lui, faire plus ample connaissance, et...

Mais elle s'emballait. Il n'était pas censé entrer en contact avec elle. Pourtant, il n'avait pas semblé impressionné quand Anton les avait surpris. Pourquoi ?

Le seul moyen de le savoir était de le lui demander mais pour cela, elle devrait attendre de le revoir.

Après avoir tapé une réponse rapide, elle jeta son téléphone sur le lit et regarda dehors. Le ciel s'était assombri, et le vent soufflait de plus en plus fort. Anton lui avait assuré, tout comme Joel, qu'il n'y avait pas lieu de s'inquiéter. Il y aurait peut-être un peu de pluie, quelques éclairs... bref, rien de très inquiétant.

Elle consulta sa montre, puis lissa le tissu de la petite robe noire qu'elle avait choisi de porter. Elle lui semblait un peu habillée pour un dîner en solo, mais tout à fait adaptée à la magie du lieu.

Avec le secret espoir de croiser Joel, elle se dirigea vers la salle à manger d'où s'échappaient d'alléchantes odeurs. Ces dernières années, pour elle, la nourriture était devenue plus une nécessité qu'un plaisir. Cuisiner pour elle et sa mère avait perdu de son attrait, car cette dernière ne pouvait presque plus rien avaler. Elles se mettaient néanmoins à table à heures régulières, plus pour se tenir compagnie que pour se nourrir.

La table qu'on avait préparée pour elle était si joliment décorée qu'elle aurait aimé la prendre en photo pour l'envoyer à Hannah, qui apprécierait sans doute la beauté des hibiscus rouges et des oiseaux de paradis disposés près de deux grandes bougies blanches.

Soudain, Anton surgit de nulle part.

— Jessie, puis-je vous servir le dîner ? demanda-t-il avec un sourire poli.

— Volontiers ! Je suis affamée !

Devant elle étaient disposés plus de verres et de couverts qu'elle n'en avait besoin.

Hannah, elle, saurait comment les utiliser.

Mais c'est toi qui es ici, alors débrouille-toi, et profites-en !

— C'est magnifique, Anton. Je vous remercie.

— Puis-je vous servir du vin ?

— Ce serait très bien, merci.

Elle prit un verre déjà rempli d'eau et en but une gorgée pendant qu'Anton lui versait du vin.

Derrière les baies vitrées, dans un petit patio, elle remarqua un joli bassin rempli de carpes koï, de nénuphars et de papyrus. Plus loin, les palmiers ondulaient sous le vent qui s'intensifiait.

Des haut-parleurs diffusaient une douce musique, qui

contrastait avec le chaos grandissant qui régnait au-dehors. Si seulement il était possible de se sentir toujours ainsi, protégée du monde extérieur…

— Ne vous inquiétez pas, Jessie, dit Anton, qui avait sans doute perçu son angoisse. Cela va passer. Dans quelques jours nous retrouverons un ciel bleu et une mer plus calme.

Il disparut, puis revint quelques instants plus tard avec un bol fumant.

— Pour l'entrée, ce soir, Vittorio a préparé une soupe *callaloo.* C'est une spécialité locale à base de lait de coco épicé, de dés de potiron, de gombo, de piment et de chair de crabe.

— Cela sent délicieusement bon…

Elle apprécia beaucoup les saveurs piquantes de ce plat, qui fut suivi de poulet grillé accompagné d'une salsa d'ananas puis, en dessert, d'un succulent *pudín de pan*, qu'elle dégusta jusqu'à la dernière miette.

— S'il vous plaît, faites savoir à Vittorio que c'est le meilleur repas que j'aie mangé depuis des années, dit-elle à Anton alors qu'il venait débarrasser.

— Il sera ravi. Puis-je vous offrir autre chose ? Voulez-vous prendre un verre au bar ?

Elle sourit, car l'idée était aussi étrange que séduisante.

— Pourquoi pas ?

— Désirez-vous un rhum, un cocktail ou…

— Un chocolat chaud ? suggéra-t-elle. Avec une goutte de rhum ?

— Parfait !

5

— Je suis désolé, monsieur.

Paolo s'essuya le front. Ils avaient réussi à changer le pneu, après avoir peiné à extraire le véhicule du fossé qui séparait la route de la falaise.

— Je pense que le destin a décidé que vous resteriez avec nous un peu plus longtemps – il fait trop sombre pour que votre vol décolle, et la tempête va frapper pendant la nuit.

Joel sourit en se nettoyant les mains avec un chiffon.

— Nous nous en sommes sortis avec à peine une égratignure. Je considère que c'est une victoire.

— Mais je sais à quel point vous teniez à partir aujourd'hui, insista Paolo.

Il se trompait.

— Il y a pire, comme endroit, pour rester bloqué ! Venez, je vous offre une bière !

Paolo rit d'un air surpris.

— Pourquoi ?

— Vous avez perdu votre après-midi, j'ai raté mon vol, et je dirais que nous avons tous les deux besoin d'un remontant.

— Vous ne préférez pas que je vous ramène à la villa ?

Pour affronter Anton, sans doute contrarié d'avoir un

invité supplémentaire à héberger pour un jour ou deux ? Sans parler de Brendan, qui lui ferait sans doute des reproches ?

Et puis, il y avait Jessie.

Comment réagirait-elle à la perspective de passer quelques jours supplémentaires en sa compagnie ?

Comme leur baiser brûlant lui revenait à l'esprit, il secoua la tête. Non ! Il valait mieux rester à l'écart de cette tentation un peu plus longtemps.

Paolo sortit son téléphone de sa poche.

— Je vais appeler Anton tout de suite pour qu'il vous fasse préparer une chambre.

Joel acquiesça.

Il pouvait difficilement empêcher Paolo de faire son travail... Peut-être pourrait-il feindre une mauvaise réception lorsque l'inévitable appel de Brendan arriverait ? Après tout, la tempête était déjà là...

Paolo lui sourit.

— Que diriez-vous du *Basil's Bar* ?

Il fait nuit noire, et j'ai si froid ! J'ouvre la bouche pour respirer mais il n'y a pas d'air, pas d'espace. J'ai la gorge nouée, J'ouvre la bouche pour crier, mais aucun son n'en sort. Au secours !

— Jessie, ma chérie... tout va bien. Ce n'est qu'un rêve. Réveille-toi ! Réveille-toi !

— Maman !

Jessie se redressa dans son lit, une main sur sa poitrine, l'autre agrippée aux draps. Elle ne reconnaissait pas sa chambre, et sentait sur sa peau trempée de sueur une fraîcheur bienfaisante.

Le climatiseur… Soudain, elle se rappela où elle était, et comprit qu'elle avait fait un cauchemar. Un cauchemar récurrent qui avait hanté son enfance et qui, ces dernières années, était revenu en force. La sensation d'être piégée, étouffée, enterrée vivante…

À l'époque, c'est la main apaisante de sa mère sur son front, sa voix douce et familière qui la réveillait, la réconfortait…

Un sanglot la secoua, le chagrin se mêlant au souvenir de sa terreur d'enfant.

Sa mère était partie, désormais, et rien ni personne ne la ramènerait.

N'y pense plus, Jessie, et essaye de te détendre…

C'est alors qu'elle remarqua que la tempête faisait rage au-dehors. La pluie battait violemment sur les fenêtres, ruisselait le long des vitres…

Elle se leva d'un bond et se dirigea vers la baie vitrée. Dehors, les palmiers penchaient dangereusement sous les assauts du vent, et l'eau de la piscine ondulait.

Elle prit une nouvelle inspiration puis, sans allumer la lumière, elle se dirigea vers la cuisine sur la pointe des pieds. La dernière chose qu'elle voulait était de réveiller un membre du personnel, qui se serait cru obligé de lui venir en aide. Elle n'avait pas besoin de se regarder dans un miroir pour savoir que ses yeux étaient rouges et ses joues tachées de larmes !

Elle ouvrait le réfrigérateur pour y prendre une bouteille de lait lorsqu'un bruit derrière elle la fit sursauter. En se retournant, elle aperçut une silhouette dans l'encadrement de la porte, et son cœur s'emballa.

— *Joel ?*

Il appuya sur l'interrupteur, et elle se figea. Il était trempé des pieds à la tête, et ses vêtements lui collaient à la peau.

— Jessie !

Il se racla la gorge.

— Je suis désolé, je ne m'attendais pas à ce que quelqu'un soit debout. Ça va ?

Il se passa la main dans les cheveux et laissa échapper un juron.

— Je suis vraiment désolé.

— Mais pourquoi ? Qu'est-ce qu'il s'est passé ? Tu es trempé !

Comme il ne répondait pas, elle l'observa plus attentivement, puis, devant son regard troublé, elle comprit.

— Joel ? Tu as bu ?

Il eut un rire étouffé.

— Juste un verre. Mais je suis... un peu fatigué.

Lentement, il s'avança vers elle, et elle retint son souffle lorsqu'il tendit la main... vers la porte du réfrigérateur qu'il referma.

— Il vaut mieux ne pas laisser sortir *tout l*'air froid...

Il était si près d'elle qu'elle sentait son odeur de pluie et de vent.

— Je vais te laisser boire ton lait...

Elle lui sourit.

— Tu en veux un verre ? Je déteste boire seule.

Il la fixa une seconde de trop, les yeux brillants, tout à coup.

— Eh bien, présenté comme ça... Je ne peux pas refuser.

Il y avait de l'électricité dans l'air quand elle se retourna pour prendre deux verres sur l'étagère. Elle ferma un instant les yeux.

— Laisse-moi faire…

Elle lui prit les verres des mains pour les poser sur le comptoir, et frissonna lorsque ses doigts frôlèrent les siens.

— Tu as froid ?

— Pas du tout.

Elle leva les yeux vers lui.

— Pourtant, tu es trempé. Les vêtements mouillés et l'air conditionné ne font pas bon ménage.

— Ce n'est rien…

Soudain, il l'attira à lui, et prit ses lèvres avant tant de fougue qu'elle en fut bouleversée. Elle noua les mains autour de sa nuque, agrippa ses cheveux, et se perdit dans son étreinte.

Fou de désir, il la souleva et la déposa sur le comptoir de la cuisine, tandis qu'elle glissait les mains sous sa chemise et faisait courir ses doigts sur sa peau.

— Et si… nous allions dans ma chambre ? susurra-t-elle. Je ne voudrais pas qu'on nous surprenne.

— Tout le monde dort…

— Je ne veux pas que tu sois viré.

Tout à coup, il se figea.

— Joel ? Que se passe-t-il ?

Il posa son front contre le sien.

— Je suis désolé, Jessie. Nous… Je ne devrais pas faire ça.

— Pourquoi ? C'est à cause de ton travail ?

Il recula comme s'il était brûlé, et secoua la tête.

— Je ne travaille pas ici, lâcha-t-il dans un souffle.

Elle fronça les sourcils.

— Mais je pensais que…

— Je sais.

Ses yeux trouvèrent les siens, et sa culpabilité redoubla.

Il n'avait pas eu l'intention de l'induire en erreur, mais il ne l'avait pas non plus détrompée en comprenant qu'elle le prenait pour un employé. Ce qui n'était guère mieux...

Il se frotta la nuque, et reprit avec un sourire navré.

— Je ne travaille pas ici, Jessie. J'aurais dû te le dire plus tôt, mais l'occasion ne s'est pas présentée et...

Elle leva la main pour lui couper la parole.

— Si tu ne travailles pas ici, alors que fais-tu dans cette villa, et qui es-tu exactement ?

Il se mordit la lèvre et dit :

— Un invité. Du moins je l'étais jusqu'à ton arrivée... À ce moment-là, j'étais censé partir pour te laisser la place, mais nous avons eu une crevaison sur la route de l'aéroport et j'ai loupé mon avion. Alors je suis revenu. J'avais l'intention de tout t'expliquer demain matin, mais...

Elle le fusilla du regard.

— La vérité, c'est que tu m'as laissée croire que tu travaillais ici. Que je pouvais m'ouvrir à toi. Te faire confiance !

— Écoute, Jessie...

Elle se mit à faire les cent pas dans la cuisine, très agitée. Il la suivit.

— Bon sang, je suis vraiment une idiote ! Quand je pense que tu as joué les confidents, avant de...

Elle rougit violemment, et cria presque :

— Si j'avais su qui tu étais vraiment, jamais je ne serais allée aussi loin avec toi !

Abasourdi, il la dévisagea.

— Quelle différence cela fait-il que je travaille ici ou pas ? Je suis toujours l'homme que tu as rencontré ce matin, que tu as embrassé sur la plage... Maintenant que tu le sais, nous pouvons peut-être repartir de zéro.

Il s'écarta d'elle et lui tendit la main en un geste théâtral.

— Je suis Joel Austin. C'est un plaisir de vous rencontrer, Jessie Rose.

Ignorant sa main, elle lâcha d'un ton glacial :

— Tu crois vraiment que c'est aussi simple que ça ?

Il posa sur elle un regard insolent.

— Corrige-moi si je me trompe, mais nous nous entendions très bien avant cela, et j'ose espérer que nous pouvons revenir à cette situation.

Il croisa les bras et s'adossa au comptoir, dans une position défensive.

— Tu te crois drôle, Joel ? Tu t'es moqué de moi !

Il se défendit.

— Peut-être, mais je n'en ai jamais eu l'intention.

Elle leva le menton puis, presque solennellement, elle déclara :

— J'espérais que nous pourrions être amis.

— Et maintenant que je me suis excusé, c'est possible, n'est-ce pas ?

— Non ! Parce que tu n'es pas un jardinier, mais un invité !

— Et alors ?

— Tu es à ta place ici, parmi tout ce luxe. Pas moi.

— Et pourtant, tu es ici, toi aussi ?

— Ce séjour est... un cadeau.

— Même chose pour moi !

Elle le regarda, une lueur d'hésitation dans le regard.

— Tu connais Brendan ?

— Oui. Nous sommes allés à la fac ensemble. C'est mon meilleur ami.

Elle pressa les paumes sur ses joues brûlantes.

— Oh ! mon Dieu ?

— Qu'est-ce qu'il y a ?

— Si tu connais Brendan, alors tu connais peut-être Hannah et... quand elle apprendra tout ça, elle pensera que...

— Attends, coupa-t-il. Qu'est-ce que Hannah vient faire là-dedans ?

— Tout ! répliqua-t-elle, presque paniquée, cette fois.

Il ne put s'empêcher de rire.

— Tu crois que je vais raconter tout ça à Brendan ? C'est la dernière personne à qui je parlerais, figure-toi !

Comme elle le regardait sans comprendre, il ajouta :

— Si tu veux le savoir, il m'a dit de ne pas m'approcher de toi. Il craignait que je ne te détourne du droit chemin...

Il se passa la main dans les cheveux.

— Il n'était pas très loin de la vérité...

— Mais... je croyais qu'il était ton meilleur ami ? Pourquoi dire une chose pareille ?

Il décida de lui livrer toute la vérité.

— Parce que je n'ai pas très bonne réputation auprès du sexe opposé et qu'il tient à Hannah, et donc à toi, par association. Si c'est Hannah qui t'inquiète, elle n'apprendra rien par mon intermédiaire, sois tranquille.

Il s'avança vers elle et murmura :

— Il n'y a que nous, ici, alors tu peux tout me dire...

— Je ne t'aurais jamais embrassé si j'avais su.

— Tu l'as déjà dit !

— Et je le pensais !

— Tu es sûre ?

Elle n'en avait pas l'air. En fait, ses lèvres entrouvertes, son souffle court suggéraient même le contraire. Il s'approcha plus près.

— Pourtant, c'était bon, non ?

Le cœur battant, elle répliqua :

— Quelle suffisance !

Il appuya ses paumes sur le comptoir où elle était adossée, la retenant prisonnière.

— Dis-moi que tu n'as pas apprécié ce baiser autant que moi, et que tu n'as pas envie d'aller plus loin, comme moi…

Il avait employé le présent à dessein, car entre eux, le désir était toujours là, palpable.

— C'était avant que je sache qui tu étais, dit-elle dans un murmure.

— Laisse-moi te dire qui je suis, Jessie. Je suis Joel Austin, et je suis à la tête de l'empire du même nom, qui vaut un milliard de dollars. J'ai plus d'argent qu'on ne peut en dépenser en toute une vie. Je pourrais acheter cette île et il me resterait encore un peu de monnaie pour en acheter une autre…

Elle ne se laissa pas impressionner.

— La vantardise ne sert pas ta cause.

— Je ne me vante pas. Je te dis la stricte vérité. C'est ce que tu attends de moi depuis le début, n'est-ce pas ?

— Oui, mais…

— Mais quoi ?

Elle se redressa et soutint son regard.

— La vérité, c'est que je pourrais m'acheter tout ce que je veux. Mais la seule chose que je veux, en ce moment… c'est toi.

Ses yeux s'écarquillèrent, et quand il se pencha vers elle, il aurait juré qu'elle avait cessé de respirer.

Quand elle se hissa sur la pointe des pieds, il crut qu'elle allait l'embrasser, enfin ! Mais il fut cruellement déçu, car elle approcha les lèvres de son oreille et murmura :

— Eh bien, Joel Austin, je te remercie pour ta franchise, mais j'en ai assez entendu pour aujourd'hui. Et si tu le veux bien, nous reprendrons cette conversation demain. Je vais me coucher, maintenant !

Puis elle tourna les talons et quitta la cuisine, le laissant abasourdi.

6

Dis-moi que tu es en route pour Tokyo !

Joel grimaça en découvrant le message de son frère, puis passa au suivant, envoyé par sa sœur :

Appelle maman, tu lui manques. Nous lui manquons tous. Bisous

Le troisième message était signé Brendan.

Alors, tu as raté ton avion… ?

Il but son jus de mangue et regretta qu'il ne s'agisse pas de quelque chose de plus fort malgré l'heure matinale. Le matin avait apporté avec lui des pluies torrentielles et des vents plus violents encore que la veille, mais la salle à manger était paisible. Le parfum subtil, la musique douce... on aurait presque pu oublier les éléments qui se déchaînaient au-dehors.

Il répondit au message de Brendan.

Désolé, mec, mais un pneu de la jeep a explosé sur la route de l'aéroport. On l'a échappé belle, tu sais.

D'accord, c'était un peu exagéré, mais il espérait que

cela lui vaudrait la clémence de son ami. Il n'en fut rien. Son téléphone sonna avant même qu'il n'ait eu le temps de le poser.

Il laissa échapper un soupir en s'adossant pour répondre à l'appel.

— Tu vérifies que je suis en un seul morceau ? C'est très gentil de ta part, mon pote !

— Tout le monde va bien ?

Le ton de Brendan était encore plus grave que d'ordinaire et le sourire de Joel s'évanouit.

— Oui, rassure-toi, tout va bien.

Brendan laissa échapper un soupir de soulagement.

— Comme je suppose que mon bien-être n'est pas la véritable raison de ton appel, laisse-moi te rassurer : Jessie et moi allons cohabiter sans problème jusqu'à ce que je trouve un moyen de quitter cette île. Mais si tu préfères que je parte, je peux voir si Lady Lottie, la voisine octogénaire, peut m'héberger.

Un rire étouffé résonna dans le combiné.

— Je ne suis pas si pressé que ça de te voir partir !

— Alors, tu te soucies tout de même de mon bien-être ?

— J'ai besoin de savoir que Jessie est en sécurité avec toi, c'est tout. Elle ne ressemble pas à tes conquêtes habituelles, Joel. C'est quelqu'un de très doux, de très sensible, et...

— Attends une seconde...

Justement, Jessie venait d'apparaître dans le jardin, vêtue d'une longue robe blanche qui moulait son corps comme une seconde peau. Ses cheveux ondulaient au vent, et elle semblait perdue dans la contemplation du jardin et de l'étang.

Il déglutit avec peine, puis tenta de se concentrer.

— Qu'est-ce que tu disais ?

— Tu as l'air distrait, Joel. Qu'est-ce qui se passe ?

— Oh ! rien ! J'ai un peu abusé des tequilas, hier, avec Paolo...

C'est le moment que choisit Jessie pour se retourner. Leurs regards se croisèrent furtivement, puis elle s'enfonça dans le jardin, un mystérieux sourire aux lèvres.

— Il faut que je te laisse, Brendan. Je dois absolument appeler ma mère, et je voudrais le faire avant l'heure de sa sieste... Ciao !

Alors qu'elle déambulait dans le jardin, Jessie savourait sa vengeance. Joel lui avait menti. Il avait joué avec elle ? Elle allait jouer avec lui, maintenant !

Elle avait réussi à attirer son attention alors qu'il était au téléphone. Et, lorsque leurs regards s'étaient croisés, elle était sûre d'avoir réussi à le déstabiliser. Mais ce qu'elle voulait, c'était le rendre fou de désir...

Et elle n'était pas convaincue d'avoir réussi.

Il avait disparu avant qu'elle n'ait pu observer sa réaction, mais elle ne renonçait pas, même après avoir reçu de sa sœur, informée de la présence de Joel à la villa, un texto très clair :

Sois prudente, garde tes distances et ton sang-froid.

Hannah croyait-elle vraiment qu'elle avait besoin de cette mise en garde ? Après tout ce qu'elle avait vécu avec Adam ?

Quand sa sœur comprendrait-elle qu'elle était parfaitement capable de gérer sa propre vie ? Et de s'amuser un peu, par la même occasion ?

Elle soupira et rentra dans la maison, puis se dirigea vers la cuisine, où se trouvait Margot.

— Bonjour, Margot ! Je suis venue chercher un peu de votre délicieux jus de fruit.

— Mais vous êtes trempée ! Allez vite vous sécher, je vous l'apporte !

Margot lui désigna la porte, ne lui laissant pas d'autre choix que de se retirer dans sa chambre.

Comme elle franchissait le seuil de la cuisine, elle heurta Joel, et fut saisie d'un sentiment brûlant et vertigineux de *déjà-vu*... Sauf que cette fois, il était nu, ou presque, les hanches ceintes d'une serviette ridiculement petite !

— Bonjour, s'écria-t-elle en essayant de ne pas laisser ses yeux s'attarder sur le nœud précaire qui maintenait le tissu en place.

Il lui répondit par un sourire suffisant :

— Bonjour à toi aussi, ma belle !

— Oh mon Dieu ! s'écria Margot, affolée. Vous allez attraper froid, tous les deux ! Si vous avez l'intention de vous promener ainsi dans la maison, nous allons devoir arrêter la climatisation !

Joel alla ouvrir le réfrigérateur, et en sortit le jus de fruit.

— Inutile, Margot, nous avons déjà trop chaud ! lança-t-il, une lueur de malice dans le regard.

La gouvernante capitula.

— Si vous voulez bien vous... habiller un peu, je vais vous servir le petit déjeuner, répondit-elle.

— Parfait ! dit Joel en cherchant le regard de Jessie.

7

Les yeux cachés par ses lunettes de soleil, Joel renonça à faire semblant d'écrire des textos et posa son téléphone près de lui. Puis il se rallongea sur son transat et se tourna vers Jessie qui lisait, de l'autre côté de la piscine.

— Arrête de me regarder !

Elle avait prononcé cette phrase sans lever les yeux, et sa voix douce et mélodieuse le troubla malgré lui.

— Je ne peux pas m'en empêcher. Il faut dire que le spectacle est attrayant !

En voyant ses lèvres trembler, il comprit qu'elle avait entendu sa réponse, mais fut incapable de dire si elle l'appréciait ou non. Cela faisait deux jours qu'ils se cherchaient, se taquinaient, sans jamais parler vraiment. Ce petit jeu l'avait beaucoup amusé jusque-là, mais il commençait à s'en lasser.

Bien qu'aucune date n'ait été confirmée pour son départ – le temps était encore beaucoup trop agité – il était tenté de rompre la promesse qu'il avait faite à Brendan.

L'idée de la voir en bikini au bord de la piscine, où elle entrait et sortait, l'eau coulant sur sa peau nue, était un vrai supplice. Si cela continuait, il devrait vraiment se réfugier chez Lady Lottie !

— Puis-je t'offrir un verre ?

Elle se tourna vers lui, ses yeux protégés du soleil de midi par le bord de son chapeau de paille. Derrière elle, la maison et ses jardins luxuriants formaient un magnifique décor, qui soulignait encore sa beauté. Et elle qui pensait qu'elle n'était pas à sa place ici !

— Essayerais-tu de mettre Anton au chômage ?

Il haussa les épaules, non sans noter qu'elle gardait les yeux fixés sur ses pectoraux, et sentit une vague de chaleur l'envahir. Certes, il faisait de la gym tous les matins et travaillait particulièrement cette partie de son corps, mais il n'aurait jamais cru qu'un simple regard puisse produire un tel effet sur lui.

— J'essaye de m'occuper, c'est tout.

— Tu devrais plutôt lire.

Elle retourna à son livre, visiblement satisfaire de sa réplique, mais il avait eu le temps de voir ses joues se colorer. La question était de savoir quelle en était la cause. Était-elle excitée à cause de l'attirance qu'elle éprouvait pour lui, ou parce qu'elle était frustrée par son comportement délibérément ironique ?

Il voulait savoir.

— Oui, je devrais, acquiesça-t-il.

Il se leva de sa chaise longue et s'approcha d'elle - un geste insensé, sans doute, mais il ne pouvait plus résister.

Il désigna son livre.

— Qu'est-ce que tu lis ?

Elle lui lança un regard perplexe, tandis qu'il se laissait tomber dans le transat, à côté d'elle.

— Tu veux vraiment parler littérature ?

Il sourit.

— J'imagine que tu préfères parler de cela plutôt que de ce qui m'occupe réellement l'esprit, en ce moment ?

Il la vit serrer les dents.

— Non, pas ça, Jessie...

Cette fois, elle rougit.

— Je ne pensais à rien de particulier...

— C'est drôle, j'aurais juré, pourtant.

— Parce que tu as l'esprit mal tourné, c'est tout.

— Tu crois ?

Elle baissa les yeux vers son livre.

— Oui. Maintenant, si tu permets...

— Un roman d'amour, je suppose ?

En la voyant pincer les lèvres, il réprima un rire.

— Que sais-tu de ce genre de romans ? demanda-t-elle.

— Juste que ma mère les dévore.

Elle haussa un sourcil. Pensait-elle qu'il inventait ça pour la distraire ?

— Je t'assure ! Elle dit que les romans d'amour, au moins, ne déçoivent jamais !

Elle éclata de rire et le regarda.

— Ta mère a l'air d'être une femme formidable.

— Elle l'est.

Elle plissa les yeux, intriguée par l'émotion qui perçait dans sa voix, et il se racla la gorge.

— On ne peut pas forcément en dire autant de sa progéniture, hein ?

Cela lui valut un sourire, un vrai sourire, et il s'en délecta. Il lui avait fallu deux jours de taquineries, de repas partagés, de patience, pour arriver à ce résultat. Il commençait à penser que Jessie était immunisée contre son charme. Plus il essayait de l'attirer, plus elle semblait l'ignorer...

ou plutôt, se défendre. Elle ne s'approchait jamais assez près de lui, ne le regardait jamais en face et pourtant, elle ne s'éloignait pas trop non plus.

Ce qui ne faisait que renforcer l'attrait qu'elle exerçait sur lui.

Surtout quand elle souriait comme elle le faisait maintenant, en secouant légèrement la tête.

— Comment fais-tu ?

Il appuya ses coudes sur ses genoux, le menton dans une main, et l'étudia.

— Comment je fais quoi ?

— Comment fais-tu pour te faire aimer des gens ?

— Je ne suis pas sûr qu'*aimer* soit le bon mot. On m'a traité de type ennuyeux, d'intello, de prodige, de don Juan... mais je ne suis pas sûr que les gens m'*apprécient* vraiment.

Elle le dévisagea un instant, sérieusement cette fois.

— Et tu en es fier ?

— Je n'ai pas dit ça.

— Un peu quand même.

— J'ai énoncé des faits, c'est tout.

Elle fronça les sourcils.

— Et ça ne te dérange pas ?

Le déranger ? Il y avait beaucoup de choses qui le dérangeaient, comme le fait d'avoir perdu sa femme bien avant l'heure et d'être devenu une sorte de paria, mais il se moquait de ne pas être aimé.

— Chacun ses goûts !

— Lorsqu'il s'agit de nourriture ou d'équipes de football, d'accord. Mais ne crois-tu pas que le désir d'être aimé est profondément ancré en chacun de nous ?

— Si tu accordes de l'importance à cela, tu passeras ta

vie à te plier à la volonté des autres juste pour gagner leur sympathie, leur estime ou leur amour. Qui veut vivre sa vie en faisant passer les besoins des autres avant les siens ?

— Les personnes qui se soucient des autres.

Il haussa les épaules.

— Je m'en soucie... J'ai simplement choisi de vivre pour moi-même, désormais.

Elle pencha la tête.

— Maintenant ? répéta-t-elle. Alors, tu n'as pas toujours été comme ça ?

Quelle image avait-elle de lui, au juste ? Et pourquoi se souciait-il tant de ce qu'elle pensait ?

Il tourna la tête, gêné par son regard insistant.

— Joel ?

Elle n'allait pas le laisser s'en tirer comme ça, bien sûr !

— Je n'ai pas vraiment pu choisir ma vie, lorsque j'étais plus jeune, expliqua-t-il. Comme je te l'ai dit, j'étais l'aîné de ma fratrie, et destiné à marcher dans les pas de mon père. Très tôt, ma vie a été tracée pour moi : avoir de bonnes notes à l'école, obtenir mon diplôme, gagner le respect de mes pairs et des employés de mon père afin de pouvoir, le moment venu, prendre sa place.

— C'est une pression énorme !

De nouveau, il la regarda.

— Je ne connaissais rien d'autre. Cela m'a donné une motivation, un objectif, et j'ai rencontré des gens formidables !

Elle esquissa un sourire.

— Comme Brendan, par exemple ?

— Oui. Comme Brendan.

Et comme Katie...

Il agrippa le bord de son transat, luttant contre la douleur qui lui tordait les tripes. Comment cette conversation avait-elle soudain basculé ?

— Qu'est-ce qui a changé, alors ?

La gorge nouée, il raconta :

— Papa est mort, et je suis devenu le P-DG et le chef de famille. Tout tournait autour d'Austin Industries, et je vivais pour cette entreprise vingt-quatre heures sur vingt-quatre. J'ai oublié ce qu'était la vie en dehors du bureau, perdu de vue l'essentiel et touché le fond.

Quand elle ferma son livre et se redressa dans son transat, il ne put s'empêcher de fixer, subjugué, les trois petits triangles de son bikini imprimé léopard.

— L'essentiel ? C'est quoi, pour toi ?

— Des choses dont je ne veux pas parler.

Il regretta aussitôt d'avoir été trop sec, mais c'était plus fort que tout. Elle le déstabilisait en voulant l'amener sur un terrain sur lequel il ne voulait pas s'aventurer.

— J'ai l'impression que le fait que tu m'aies encouragée à parler l'autre jour de ma mère et de ma vie auprès d'elle m'a aidée à accepter un peu mon histoire…

Il esquissa un petit sourire, heureux d'avoir au moins pu lui être utile – même si cela risquait de mal se terminer, pour eux.

— Je suis content d'avoir pu faire ça pour toi.

— Tu ne crois pas que je peux te rendre la pareille ?

La douleur dans son cœur se fit plus forte, et il se tendit.

— Tu préfères laisser s'envenimer les choses en les gardant pour toi ?

— Non, mais…

Comment réagirait-elle lorsqu'elle connaîtrait la vérité ?

Croirait-elle qu'il avait été égoïste au point de ne pas remarquer que sa femme tombait malade ? Il n'avait même pas vu qu'elle lui cachait quelque chose et voulait le protéger, et protéger ses intérêts, en se taisant.

Non. Il ne pouvait le dire à personne. Seul Brendan connaissait la vérité – sa famille avait sa propre version – et même si Jessie le comprenait, elle ne pourrait pas s'empêcher d'avoir pitié de lui. Et ça, il ne pourrait pas le supporter.

— Ne le prends pas mal. Je n'en parle à personne.

— Mais il est peut-être temps de le faire.

Il faillit céder sous le poids de la culpabilité, mais il tint bon.

— Et maintenant, qu'est-ce qu'on fait ? demanda-t-elle en désignant les alentours d'un geste circulaire.

— Je ne sais pas. En tout cas, pour ce qui est de mon travail je n'ai pas à m'inquiéter : mes frères continuent de gérer l'entreprise en mon absence.

— Mais... tu es sûr qu'on n'a pas besoin de toi sur place ?

— Mes frères se débrouillent très bien sans moi.

— Et cela ne te manque pas ?

— Me manquer ? Le travail, tu veux dire ?

Ce n'était pas la question à laquelle il s'attendait.

— Oui.

Il n'avait jamais pris la peine d'y réfléchir.

— Je pense qu'il y a des choses qui me manquent. Comme la montée d'adrénaline lorsqu'un nouveau projet décolle, ou qu'un projet défaillant est remis sur pied, ou encore lorsqu'un événement caritatif dont j'ai été le fer de lance permet de récolter des sommes record. Mais la pression quotidienne... pas du tout, non !

— Regrettes-tu d'être parti ?

Non, il ne regrettait pas de s'être éloigné, parce qu'il en avait vraiment besoin. Un besoin vital. Chaque seconde passée dans son bureau lui rappelait Katie, qu'il avait lâchement laissée tomber. Comment son obsession de la réussite avait-elle pu le rendre aveugle à ce qui se passait au sein de son propre foyer ?

— Tes frères ne regrettent-ils pas ta présence ?

Au lieu de botter en touche, il pensa à Simon et à la réunion de Tokyo qui aurait lieu sans lui.

— Mon sens des affaires ne leur manque pas, ils en ont déjà suffisamment eux-mêmes. Et puis, je les vois assez souvent.

— Et ta famille ? voulut-elle savoir. Ta mère et ta sœur, tu les vois régulièrement ?

— Je ne sais pas, Jessie ! C'est un interrogatoire ou quoi ?

— Non, mais j'ai l'impression que tu n'as pas seulement abandonné ton poste, mais aussi ta famille, et...

Il protesta.

— Ce n'est pas tout à fait ça...

— Ah bon ?

— Je fais une pause, c'est tout. Une pause prolongée, loin de mon travail et de ma famille, et je n'ai pas envie de rendre des comptes... Est-ce un crime ?

— Je n'arrive pas à comprendre. Tu as la chance d'avoir des gens qui t'aiment et qui te réclament, et pourtant tu choisis de rester à l'écart ? Moi j'ai ma sœur et ... il n'y a personne d'autre. Plus maintenant.

Il serra plus fort encore le transat, et sentit son armure se fissurer. Il chercha quelque chose à dire mais que répondre, alors que son jugement, pourtant très pertinent, le dérangeait ?

Il avait besoin de prendre du recul, loin de tout. Un besoin viscéral. Et elle ne pouvait pas le comprendre parce qu'il ne lui avait pas dit toute la vérité.

— Il n'est pas surprenant que tu te soucies peu d'être aimé quand tu rejettes toutes les personnes qui se soucient de toi, Joel. Ne crois-tu pas que tu devrais cesser de fuir tout le monde ?

— Et toi, pourquoi te soucies-tu de moi ? rétorqua-t-il, perdant tout contrôle. Je ne suis rien pour *toi* ! Et en plus, tu ne m'apprécies même pas !

C'était féroce, brutal, mais elle remettait tout en cause – sa vie, ses choix – et il ne voulait pas l'accepter.

— C'est peut-être vrai.

Ses yeux bleus accrochèrent les siens.

— Mais peut-être évalues-tu mal la façon dont les autres te perçoivent...

Il eut un rire amer.

— Je ne crois pas.

— Comment le sais-tu ?

— Je l'ai vu écrit noir sur blanc, Jessie.

En effet. Les mots, accablants, étaient partout sur Internet et n'importe qui pouvait les lire, mais il n'était pas prêt à lui en faire part.

— Les gens peuvent être très directs, parfois. Trop, même.

— Tu as dû leur donner une bonne raison de te critiquer, voire de te détester.

— En tout cas, toi, tu n'en manques pas, n'est-ce pas ?

Elle rougit.

— Je ne pense pas que tu aies eu l'intention de mal agir envers moi.

— Enfin une bonne nouvelle !

Il ironisait. Après tout, l'opinion qu'elle avait de lui n'avait pas d'importance... Ils se sépareraient bientôt, ne se croiseraient plus jamais, alors il n'avait pas *besoin* de s'en soucier. D'ailleurs, il venait de lui dire qu'il se fichait de l'opinion des autres, alors pourquoi cela sonnait-il si faux ?

Quand elle se pencha en avant et posa le doigt sur sa poitrine nue, il sentit une douce chaleur envahir son cœur. Soudain, il redouta presque ce qui allait suivre.

— Je pense que tu te soucies beaucoup de ce qu'on pense de toi, mais que tu fais juste semblant du contraire. C'est la meilleure façon de se protéger...

Il posa sa main sur la sienne.

— Et moi, je pense que... tu devrais cesser de jouer les psys et te détendre un peu.

Il l'avait piégée.

Elle avait voulu jouer avec le feu, et elle s'était brûlée. Quant à garder ses distances, c'était raté !

— Et... comment suis-je censée faire ça ?

— Oh ! j'ai une ou deux idées sur la question. Tu veux que je te dise ?

Il rit, et elle se sentit fléchir.

— Je pensais plutôt à des activités physiques, comme le surf, le kayak, les randonnées, une balade en jeep, ou même...

Il sourit, puis secoua la tête et acheva un peu abruptement sa phrase.

— Bref, l'idée est de lever le nez de ton bouquin pour admirer la nature qui nous entoure. Ce serait dommage de s'en priver, non ?

Elle prit une profonde inspiration.

— La dernière fois que j'ai vérifié, la météo était encore incertaine et la mer avait l'air mauvaise, alors je ne suis pas sûre que ces activités soient conseillées pour l'instant.

— Dans ce cas, il y a peut-être autre chose...

— Quoi ?

Elle avait la bouche sèche, soudain, et les avertissements de sa sœur la suppliant de ne pas s'approcher de lui tournaient en boucle dans sa tête. Et dire qu'elle pensait avoir résolu le problème !

Peut-être que c'était ce dont elle avait besoin, après tout ? Un flirt, une aventure sans lendemain.

Si elle hésitait, son corps, lui, lui envoyait des signaux très clairs. Et puis, même si elle n'avait pas à proprement parler de sentiments pour Joel, il l'intriguait, et elle avait envie de mieux le connaître.

Elle voulait comprendre ce qui lui était arrivé après la mort de son père, ce qui l'avait poussé à fuir... Il avait laissé entendre qu'il ne lui avait pas tout dit, que des pièces du puzzle lui manquaient. Lesquelles ?

Il s'était refermé dès qu'elle avait cherché à en savoir plus, et elle se doutait qu'il gardait un lourd secret.

— Jessie...

Son murmure la tira de ses pensées. Doucement, il se pencha vers elle, et, sans qu'elle s'explique pourquoi, elle sentit la colère l'envahir. De la colère contre lui, contre Adam, contre la vie qui lui avait enlevé sa mère...

Soudain, une violente rafale de vent fit voler son chapeau.

Elle tendit la main pour l'attraper, mais Joel fut plus rapide… Hélas, il perdit l'équilibre et l'instant d'après, elle le vit tomber dans la piscine et disparaître sous la surface.

— Joel !

Elle s'accroupit au bord de la piscine. Et s'il s'était fait mal ? Devait-elle aller le secourir ?

C'est alors qu'elle le vit émerger. Il rejeta la tête en arrière et éclata de rire.

— Je vais bien, ne t'inquiète pas, mais ma fierté en a pris un coup, je crois !

Il était mal à l'aise. Lui, mal à l'aise ? Cette fois, c'est elle qui ne put retenir un rire.

— Ça t'amuse ? gronda-t-il.

Avant qu'elle ait pu comprendre ce qu'il lui arrivait, il saisit son poignet et la fit basculer dans l'eau. Elle laissa échapper un cri et, la seconde d'après, elle tapait du pied dans le fond pour remonter à la surface…

— Tu me le paieras ! bafouilla-t-elle en nageant furieusement jusqu'à la margelle.

Les yeux pétillant de malice, il lança :

— C'est toi qui as commencé ! Ça calme, non ?

Elle l'éclaboussa, et il n'en fallut pas plus pour déclencher une bataille. Vif comme l'éclair, il se jeta sur elle et bientôt, ils jouaient comme deux enfants, chacun tentant de faire boire la tasse à l'autre…

Hors d'haleine, elle s'adossa à la margelle. Cela faisait des années qu'elle ne s'était pas laissée aller ainsi à un plaisir aussi puéril, et cela faisait un bien fou !

Il était drôle. Charmant. Elle l'aimait bien, et elle ne s'était jamais autant amusée depuis des années.

— Quel âge as-tu ? demanda-t-elle soudain.

— Trente-cinq ans. Je ne vois pas ce que cette question vient faire...

— Je parie que tu étais le cauchemar des filles, au collège ! Du genre à leur voler leurs affaires pour attirer leur attention...

Il ne put s'empêcher de rire avec elle et, lentement, il s'approcha...

Il lui tendit la main, soudain très sérieux.

— Alors, on est de nouveau amis ?

Elle toucha sa main.

— Oui, amis...

Pour dissimuler le trouble qui l'envahissait, elle remit son chapeau sur sa tête, puis se hâta de sortir de l'eau. Elle sentait que si elle restait plus longtemps, son corps la trahirait. Car elle avait beau se raconter qu'ils étaient amis, elle savait très bien, au fond d'elle, qu'entre eux le désir était plus présent que jamais.

En sortant de la piscine, même rapidement, elle lui avait offert une vision de son corps, de ses fesses moulées dans son petit bikini, et elle aurait juré l'avoir entendu lâcher un petit soupir.

Était-elle folle de refuser une aventure avec lui, dans ce lieu magique où elle passait des vacances de rêve ?

Plus jamais elle ne séjournerait dans un tel endroit, et il était probable qu'elle ne rencontrerait plus jamais d'homme comme lui...

Elle ignorait ce que l'avenir lui réservait, mais elle savait qu'elle le regretterait si elle le laissait lui filer entre les doigts sans avoir goûté à tout ce qu'il lui offrait : une histoire éphémère, sans engagement et sans drame...

Elle se retourna et chercha son regard.

— Joel ?

— Oui ?

Alors qu'il levait les yeux vers elle, la voix de sa mère résonna dans sa tête, assourdissante.

« La vie est l'aventure que tu en fais, ma chérie - vis-la, aime-la, et ne regrette rien ! »

8

Qu'est-ce qu'il avait raté ?

Un instant, il fixait avec fascination le joli derrière de Jessie et l'eau qui ruisselait sur ses cuisses fuselées ; l'instant d'après, assise au bord de la piscine, elle semblait regretter d'en être sortie, et lui jetait des regards langoureux !

— Tu sais, la suggestion que tu m'as faite ?

Il sentit son pouls s'accélérer, mais resta prudent.

— Laquelle ?

— Eh bien, tu as parlé d'activités de plein air, mais il y a aussi...

Il s'avança vers elle et dit d'une voix rauque :

— Je vois...

Elle fit tournoyer ses pieds dans l'eau, comme pour chasser sa gêne.

Il s'arrêta devant elle et posa ses paumes sur la pierre lisse, de part et d'autre de ses cuisses, la chaleur de sa peau faisant vibrer la sienne. Quand ses pieds frôlèrent son short, il retint un soupir.

— Je pense que nous avons quelques soirées à passer ensemble – si les prévisions météorologiques sont correctes – et tu as raison, je pense que nous devrions en profiter...

Il acquiesça, tandis qu'elle continuait d'agiter les pieds

autour de ses hanches, tout en le dévorant des yeux. À moins que ce ne soit le fruit de son imagination débordante ?

— Personnellement, j'en profite déjà, dit-elle en posant sur lui un regard langoureux.

Il esquissa un sourire satisfait.

— Je suis heureux que cela te plaise.

— Quelle arrogance !

Il aurait souri plus encore s'il n'avait pas lutté pour garder son sang-froid.

— Moi, arrogant ? C'est mal me connaître !

Elle émit un petit rire, et tendit la main pour chasser une mèche rebelle de son front, en un geste si doux qu'il sentit le souffle lui manquer.

— Mais je suis ouvert à toutes propositions...

Doucement, il écarta ses genoux et s'approcha d'elle, les yeux brillants de désir. Comme elle ne faisait pas mine de l'arrêter, il se pencha et posa sa bouche à l'intérieur de sa cuisse.

Il effleura sa peau de ses lèvres, puis du bout de sa langue, et la sentit se cabrer, le souffle court. Alors qu'il continuait, toujours plus haut, il l'entendit soupirer.

Alors qu'il taquinait la chair tendre et que sa bouche approchait du cœur de sa féminité, elle murmura :

— Attends...

Il se leva lentement et lui fit face. Sa poitrine frôlait ses seins, et il posa les mains sur ses épaules, sa bouche sur la sienne. Il avait perdu la bataille, et rompu sa promesse...

Les doigts dans ses cheveux, il huma son doux parfum et l'embrassa. Il l'embrassa comme si elle était à lui, comme si sa vie en dépendait. Elle gémissait dans sa bouche, et quand il sentit ses jambes s'enrouler autour de ses hanches, il perdit le contrôle...

Un éclair de lucidité le frappa alors qu'il approfondissait son baiser. Il ne pouvait pas continuer. Si un membre du personnel les surprenait, en plein jour, en train de...

Non, ce n'était pas possible, et il songea à la réaction de Brendan lorsqu'il apprendrait cela.

Il gémit, puis éloigna sa bouche de la sienne. Aussitôt, elle se raidit.

— Qu'est-ce qu'il y a ?

— Rien, je... pensais que... Il vaudrait mieux rentrer, tu ne crois pas ?

Elle eut un rire étouffé.

— Oui, les espions sont partout...

— Si Brendan a vent de cela, il demandera à Anton de lui apporter ma tête sur un plateau.

Elle fronça les sourcils, l'air perplexe.

— Pourquoi ? Tu es son invité. Et moi aussi...

— Mais, comme je te l'ai déjà dit, comme tu es la sœur d'Hannah, tu es... interdite.

Elle pencha la tête sur le côté et noua ses mains autour de son cou.

— Je croyais que tu aimais vivre un peu dangereusement.

Elle te tient...

— Vivre dangereusement, d'accord, mais l'exhibitionnisme, ce n'est pas mon truc. Or les choses que je veux faire avec toi, je préfère les faire en privé.

Elle étouffa un rire, et ses joues rougirent davantage.

— Ma chambre, alors ?

— Je craignais que tu ne le demandes jamais !

Il balaya du regard les abords de la piscine : ils étaient

déserts. Ils avaient peut-être été vus, et Brendan le ferait jeter dehors demain matin, mais pour l'instant...

— Je te suis...

Tu sais bien que tu n'as pas le droit, Joel !

Un sursaut le saisit, et il se répéta la promesse faite à Brendan, encore et encore...

Mais lorsqu'elle se leva, son corps scintillant au soleil, un sourire lascif aux lèvres, ses sens prirent le dessus sur sa raison...

Lentement, elle se dirigea vers les baies vitrées et disparut à l'intérieur de sa chambre, le laissant seul avec sa conscience.

Il ne voulait pas aller à l'encontre des souhaits de son ami, mais résister à la tentation était au-dessus de ses forces. Et puis, entre Jessie et lui, il n'y aurait nul engagement, nul sentiment, juste quelques jours de plaisir...

Oui, ils pouvaient s'accorder tout cela, et bien plus encore.

L'esprit en ébullition, il sortit de la piscine et alla rejoindre Jessie.

Dès qu'il entra, Joel l'attira à lui et prit ses lèvres, lui volant le peu de souffle qu'il lui restait.

Puis il murmura à son oreille, éperdu :

— Je crois que j'aime tout, chez toi.

Quand, les yeux mi-clos, il posa de nouveau ses lèvres sur les siennes, une vague de joie pure la submergea. Le cœur battant à se rompre, elle eut l'impression que sa vie basculait tout à coup.

Était-ce une bonne chose, ou s'apprêtait-elle à commettre la plus grosse erreur de sa vie ? La raison lui dictait de se libérer de cette étreinte, mais son corps la réclamait, l'exigeait même...

Ne te laisse pas tenter. Ce n'est pas l'homme qu'il te faut. Ce sera terminé aussi vite que ça a commencé...

— Ah oui, quoi, par exemple ? s'entendit-elle dire d'un ton mutin, tandis qu'il la poussait vers le lit et la faisait basculer.

Il étouffa son cri d'un baiser et ils roulèrent sur le lit, son corps chaud et doux sur le sien...

— Qu'est-ce que je vais bien pouvoir faire de toi ?

Elle avait parlé tout bas, mais s'étonna de son audace. Avec Adam, jamais elle ne s'était autorisée à suggérer le moindre jeu érotique, et encore moins à prendre l'initiative.

Il fit courir sa main sur sa poitrine, son ventre.

— Eh bien, j'ai une ou deux idées, murmura-t-il, fou de désir.

Un frisson courut dans tout son corps lorsqu'elle répondit :

— Je n'en doute pas...

Lorsqu'il effleura du doigt le bord de son maillot, elle se mordit la lèvre, tandis qu'une panique soudaine s'emparait d'elle.

— Avant d'aller plus loin, je... dois te dire quelque chose.

— Je t'écoute...

Du menton, il caressa la courbe de son sein avec son menton, et elle frémit au contact un peu rude de sa barbe naissante.

— Eh bien...

Elle se mordit l'intérieur de la joue, essayant de trouver le courage de poursuivre.

— S'il s'agit de protection, j'ai...

Elle secoua la tête.

— Non, non. Il ne s'agit pas de cela.

Elle maudit son manque de confiance en elle.

Pourquoi donc rougissait-elle alors qu'il était tout à fait naturel de parler de préservatifs dans ces circonstances ?

— C'est juste que… ça fait un moment que je n'ai pas… fait cela.

Elle leva vers lui un regard très doux et, penché au-dessus d'elle, il encadra son visage de ses mains et caressa ses cheveux…

Seigneur, ses yeux étaient si bleus, si clairs, qu'elle aurait pu s'y noyer ! Elle crut y voir une lueur de compassion, ce qui la mortifia.

— Si cela peut te rassurer, je suis dans le même cas que toi.

Elle eut un rire surpris.

— Tu ne me crois pas ?

Même s'il semblait plaisanter, elle se sentit coupable. Pourtant, il lui avait dit lui-même que sa réputation de don Juan n'était plus à faire, et elle avait supposé qu'il avait eu de nombreuses conquêtes. Se pouvait-il qu'elle se soit trompée sur son compte ? Il n'y avait qu'une seule façon d'en avoir le cœur net.

— Si, mais c'est toi qui m'as parlé de ta réputation de dragueur et…

— Cette réputation, comme tu dis, ce sont les magazines people qui l'ont construite de toutes pièces. Elle n'a pas grand-chose à voir avec la réalité. Je croyais te l'avoir expliqué.

Il rit doucement, et enfouit la tête dans son cou.

— Tu sais, la plupart des personnes que je rencontre savent déjà tout de moi, ou croient tout savoir, parce qu'ils l'ont lu dans les journaux ou sur les réseaux sociaux. Ce n'est pas ton cas et pour moi, c'est une bouffée d'air frais. Tu comprends ? J'ai même du mal à croire que tu ne m'aies pas googlé d'emblée...

— Et pourtant, c'est la vérité, je t'assure !

— Oui, je te crois, Jessie. Mais tu sais, quand on dirige une grande entreprise, on suscite au mieux la curiosité, au pire, la convoitise...

— Eh bien, je préfère obtenir mes informations directement à la source, affirma-t-elle.

— Et la source, c'est moi ?

Comme il souriait contre sa peau, elle posa la question qui lui brûlait les lèvres :

— C'est pour ça que tu ne m'as pas dit qui tu étais quand on s'est rencontrés ?

Ses yeux plongèrent dans les siens, tourmentés, et il avoua :

— Oui... Je voulais qu'avec toi, ce soit différent...

Émue aux larmes, elle prit son visage dans ses mains et l'embrassa, jusqu'à ce qu'il soit au bord du gouffre et qu'il oublie le passé, le présent et l'avenir.

9

Joel se regarda dans le miroir avec une grimace de dégoût.

Il se détestait de s'être perdu si complètement dans la passion que Jessie avait fait naître en lui, une passion si intense qu'il ne l'avait jamais ressentie qu'avec une seule autre personne.

Katie.

La seule femme qu'il ait jamais aimée. La seule femme qu'il aimerait jamais.

Il avait juré que c'était fini. Qu'il ne serait plus jamais aussi vulnérable.

Mais Jessie avait su toucher son cœur et avec elle, il avait parlé davantage qu'il ne l'avait fait depuis des années. Pourtant, il ne lui avait pas dit toute la vérité, retenant cette part de lui dans l'espoir de garder ses distances. D'empêcher un lien que ni l'un ni l'autre ne souhaitait voir se former. Un lien qui l'unissait encore à Katie.

Mais ne pas lui parler de Katie était en soi une trahison. À la mémoire de sa femme.

De plus, cela ne serait pas honnête envers Jessie, car il y avait quelque chose entre eux, quelque chose de fort et de beau.

Sa nature aimante et sa loyauté à sa famille, sa franchise,

son extrême sensibilité… Elle ressemblait à Katie à bien des égards, à ceci près que Katie, elle, était née dans le même monde que lui. Elle en maîtrisait les codes. Elle ne l'avait pas approché pour son argent ou son statut social. Ils s'étaient rencontrés à l'université, étaient devenus amis, puis amants, et fiancés…

À l'époque, on avait beaucoup parlé d'eux dans la presse, dont ils étaient les cibles privilégiées. Et ces articles ne le dérangeaient pas, car il n'était encore qu'un jeune marié amoureux… et insouciant.

Après la mort de son père, il s'était jeté à corps perdu dans le travail. Alors qu'il était en voyage d'affaires, la presse avait annoncé que sa femme était malade, avant même qu'il en ait eu lui-même la confirmation. Il avait appris cela en voyant la photo de Katie à la une…

Il s'en était voulu longtemps. Il aurait dû être le premier à poser des questions sur sa pâleur, son manque d'entrain… Oui, c'est lui qui aurait dû découvrir la vérité et non un étranger, un journaliste en quête d'un nouveau scoop !

Agrippé au bord de l'évier, il déglutit pour chasser la boule qui lui nouait la gorge.

— Joel…

Il se retourna et découvrit Jessie, dans l'embrasure de la porte, un drap enroulé autour d'elle et un sourire timide aux lèvres. Elle n'avait jamais eu l'air aussi vulnérable, aussi douce… aussi différente de lui.

Elle pencha la tête.

— Tu vas bien ?

Il se passa la main dans les cheveux et essaya de sourire.

— Ça va…

Elle fronça les sourcils.

— Tu es parti depuis un moment, alors je me suis dit que quelque chose n'allait pas...

— C'est vrai.

Il tendit la main, acceptant le réconfort qu'elle semblait vouloir lui apporter, et elle se glissa entre ses bras, pressant son corps chaud et apaisant contre le sien.

Il huma son parfum de soleil – jasmin, vanille et coco mêlés – et expira lentement.

— As-tu toujours su lire dans les pensées ?

— Pas du tout. Mais après ce que nous venons de partager, je ne m'attendais pas à te voir t'éloigner si rapidement... J'ai fait quelque chose de mal ?

— Oh ! non ! Pas du tout.

Rongé par la culpabilité, il s'écarta légèrement d'elle et chercha son regard.

— Pourquoi penses-tu cela ?

— Je ne sais pas...

Elle passa la langue sur ses lèvres.

— C'est toi qui te caches dans la salle de bains. Je n'ai pas l'habitude de ce genre de situations, mais j'aurais préféré que tu restes un peu auprès de moi...

Il posa son front contre le sien.

— Je vois ce que tu veux dire, et franchement, c'est une très bonne idée, mais...

Il prit une profonde inspiration pour se donner du courage, puis il ajouta :

— Il y a quelque chose que je dois te dire et pour cela, j'ai besoin d'un verre.

Il sentit la tension l'envahir.

— Alors, il y a bien quelque chose qui ne va pas ?

— Il ne s'agit pas de toi, chérie, admit-il doucement.

— Mais...

Il fit un geste en direction de la chambre.

— Donne-moi une minute. Je vais mettre des vêtements secs et aller me chercher un verre. Tu en veux un ?

— Oui. La même chose que toi, ce sera parfait.

L'hésitation dans ses yeux le poussa presque à rester, à revenir sur ses paroles, mais il ne le pouvait pas. Il devait parler. Pour elle. Pour lui. Pour Katie.

Il revint quelques minutes plus tard, vêtu d'un T-shirt blanc et d'un short, deux verres de rhum à la main. Jessie avait ouvert les baies vitrées et, enveloppée dans un peignoir rose, elle regardait le ciel qui s'était alourdi, l'océan qui roulait au loin, les palmiers battus par le vent.

Mais il ne fit pas vraiment attention à tout cela.

— Un bon rhum, ça te va ?

Elle se retourna et prit le verre qu'il lui tendait.

— Sec.

— C'est comme ça qu'on le boit, ici...

Elle prit une profonde inspiration, puis planta ses yeux dans les siens.

— Écoute... Si tu es sur le point de me dire que tu as une petite amie, ou une femme, j'apprécierais que tu...

— Arrête tout de suite, Jessie ! Tu crois vraiment que j'aurais laissé les choses aller aussi loin entre nous si j'avais une relation avec quelqu'un d'autre ?

Elle avait la gorge nouée, et ses yeux brillaient d'une émotion inconnue.

— Alors, tu es... célibataire ?

— Oui !

Elle se détendit aussitôt.

— Merci, mon Dieu !

— Je suis heureux que tu sois soulagée.

Même si lui ne l'était pas encore...

— Quand tu as dit que tu avais encore des choses à me dire et que tu avais l'air si tourmenté, j'ai pensé au pire.

— Le pire de moi-même, tu veux dire ?

— Je suis désolée.

Elle lui toucha le bras avec un regard d'excuse, qu'il prit soin d'éviter.

— Inutile d'être désolée.

Il vida son verre d'un trait et elle posa sa paume sur sa poitrine pour le forcer à la regarder.

— Je suis désolée. Je crains d'être encline à penser au pire.

— À cause de... ton fiancé ?

— Oui, entre autres. La vie ne nous fait pas que des cadeaux, tu sais...

Il la regarda longuement dans les yeux. Il aurait voulu pouvoir en effacer la tristesse, mais hélas, ce qu'il s'apprêtait à lui révéler n'aiderait sûrement pas.

— Qu'est-ce qu'il y a, Joel ? S'il te plaît, dis-le-moi !

Il tenta de parler, mais les mots restaient bloqués dans sa gorge.

— Tu peux tout me dire, murmura-t-elle.

— Je sais.

Sa voix était étouffée. Il devait s'écarter un peu d'elle, prendre un peu de distance. Ne plus sentir la chaleur de sa peau...

— Je t'écoute, Joel.

Les yeux fixés sur l'horizon, il cessa soudain de penser, et les mots vinrent d'eux-mêmes.

— Je n'en parle jamais, je ne parle jamais d'elle...

Il la sentit se raidir.

— Elle ?

— Katie, ma femme.

Elle écarquilla les yeux sous l'effet de la surprise.

— Mais... tu as dit que tu n'étais pas marié ?

— Je ne le suis plus, précisa-t-il, des larmes dans la voix. Plus maintenant.

Elle fit un pas vers lui, mais quelque chose dans ses yeux l'arrêta, et elle comprit.

— Je suis vraiment désolée.

Il l'entendit à peine. Son esprit était déjà tourné vers le passé, vers sa rencontre avec Katie, un moment qui avait bouleversé sa vie. Il laissait rarement affluer les souvenirs, mais il les revivait avec force en cet instant, et ils prenaient toute la place.

Une sensation douce-amère s'empara de lui lorsqu'il dit :

— Je ne croyais pas aux âmes sœurs, aux coups de foudre, à toutes ces choses folles... mais à la seconde où je l'ai vue, j'ai su.

Jessie porta la main à sa bouche, comme si elle était personnellement touchée. S'il la regardait maintenant, il verrait la pitié dans ses yeux, or il ne la méritait pas.

— Nous étions inséparables, aussi inséparables que nous pouvions l'être avec nos carrières respectives. Elle était le visage d'une organisation caritative, et moi aux commandes d'une multinationale où je devais faire mes preuves, car mon père en était encore le propriétaire. Nous étions... heureux.

Il se resservit du rhum dans l'espoir de lutter contre le froid glacial qui l'envahissait.

— Lorsque mon père est mort et que la pression a

augmenté, j'ai dû m'absenter davantage, et Katie ne pouvait pas toujours me suivre. Elle a cessé de vouloir voyager autant, prétextant que cela la fatiguait et qu'elle voulait rester à la maison pour se concentrer sur les progrès qu'elle réalisait au sein de son association caritative, et pour préparer la maison qui devait accueillir nos enfants à venir, aussi...

Sa voix se brisa, mais il continua.

— J'aurais dû me rendre compte qu'elle était malade. J'aurais dû voir ce qui se passait, mais j'étais trop préoccupé par les affaires...

— Ton chagrin aussi, car tu venais de perdre ton père...

— J'étais son mari ! J'aurais dû le savoir ! gronda-t-il, la faisant tressaillir.

Il appuya son poing sur son front.

— Je suis désolé...

Elle secoua doucement la tête, les yeux humides.

— Tu as le droit d'être en colère, mais pas contre toi-même...

— Bien sûr que si ! J'aurais dû remarquer sa perte de poids. Voir à quel point elle était fatiguée. Quand je lui versais un verre de son vin préféré, elle n'en buvait que quelques gouttes...

— Mais vous aviez remarqué...

— Je l'ai remarqué quand il était trop tard. Lorsqu'on m'a montré un article de presse intitulé « Katie Austin dans la tourmente... » Tu le crois ? J'étais à des milliers de kilomètres et une photo d'elle en disait plus que ce que j'avais vu de mes propres yeux !

— Peut-être qu'au fond de toi, tu le savais et que tu ne voulais pas le voir ?

Il eut un rire amer.

— Tu me crois à ce point sans cœur ?

— Tu sais, lorsque ma mère est sortie de l'hôpital, je n'ai pas voulu voir les signes. Je ne voulais pas admettre que l'accident n'était que le début d'un lent déclin qui, un jour, me l'enlèverait.

Sa voix vibrait de douleur quand elle ajouta :

— N'est-il pas possible que tu n'aies pas voulu le voir ?

— Tu crois que je l'aurais laissée vivre ça toute seule par besoin égoïste de *me* protéger ?

— Non, ce n'est pas ce que je dis. Mais nous ne sommes que des êtres humains et parfois, lorsque nous ne pouvons pas contrôler les choses, l'instinct de conservation nous force à les refouler.

Avait-elle raison ? S'était-il vraiment comporté ainsi ? Non, il ne pouvait pas le croire, seulement...

— Comment as-tu appris la vérité ? reprit-elle.

— Lorsque je l'ai confrontée à l'article en question, elle a fini par tout me révéler.

— Depuis combien de temps le savait-elle ?

— Un mois, répondit-il d'une voix blanche. Elle savait et a gardé ça pour elle pendant un mois !

Elle s'avança lentement vers lui.

— Un mois au cours duquel j'imagine qu'elle a dû apprivoiser l'idée que...

— Un mois pendant lequel j'aurais dû être à ses côtés pour combattre cette saloperie !

Elle posa une main sur sa joue et planta ses yeux dans les siens.

— Ma mère n'a jamais voulu être traitée comme une malade. Elle ne voulait pas être chouchoutée par les infirmières, ni par moi, ni par ma sœur. La plupart du temps, nous faisions comme si de rien n'était. Quand elle faisait une rechute, nous recommencions. Elle perdait peu à peu ses forces, sa mobilité, et je faisais ce que je pouvais pour l'aider à se rétablir. Mais nous n'avons jamais parlé de l'issue, et ta femme, Katie, n'aurait pas voulu non plus évoquer cela avec toi.

— Durant un mois entier, Jessie s'est débattue avec ce diagnostic. Elle a pris seule la décision de ne rien faire. Rien ! Quand les médecins ont dit qu'ils pouvaient lui offrir un an, peut-être plus, elle a refusé. Elle estimait sans doute qu'elle n'en valait pas la peine, et moi non plus ! Le temps que nous aurions pu passer ensemble...

Il secoua la tête, sans pouvoir ajouter un mot. La douleur était trop forte.

Quelques instants plus tard, il reprit :

— Elle a rompu notre serment. Nous nous étions juré de veiller l'un sur l'autre... jusqu'à ce que la mort nous sépare.

— Non, elle ne l'a pas fait. Elle t'aimait et voulait te protéger, toi et le temps qu'il te restait.

— Mais je l'ai suppliée de faire quelque chose, n'importe quoi !

— Certaines choses sont inévitables et il faut les accepter, Joel.

Soudain, il éclata en sanglots. Pour la première fois, il laissa s'exprimer sa douleur, sa honte d'avoir abandonné Katie...

Il réalisa à peine que Jessie lui prenait le verre des mains et le posait sur la table.

— Joel...

Elle l'attira à elle, et lui parla d'une voix douce tandis qu'elle l'entourait de ses bras.

— Elle est partie…

Elle lui caressa les cheveux, et il se blottit au creux de son épaule pour laisser couler les larmes qu'il retenait depuis si longtemps.

— J'aurais dû être là pour elle, Jessie. J'aurais dû mettre le travail de côté et être là pour elle. Je n'aurais jamais dû perdre de vue ce qui comptait le plus.

— Et tu as été là pour elle, Joel. Quand elle en a eu vraiment besoin, tu étais là. Et elle a ressenti l'amour que tu lui portais, et aussi ta douleur.

Il ne pouvait s'empêcher de secouer la tête, mais au fond de lui, ses mots résonnaient, s'imposaient, éclairant d'une lumière nouvelle une vérité qu'il avait enfouie en lui depuis si longtemps.

— C'est pour cela que tu as fui ta vie, Joel ? Et que tu ne veux pas rentrer chez toi ?

Il prit une longue inspiration instable, puis leva la tête et poursuivit son récit.

— Après sa mort, je me suis perdu. J'étais tellement en colère que je me suis déchaîné contre ma famille, contre Brendan… Je les ai tous maltraités. J'ai commencé à boire trop, à prendre des analgésiques, n'importe quoi pour engourdir la douleur. S'il n'y avait pas eu Brendan, je ne serais pas là aujourd'hui.

— Je suis sûre que ce n'est pas…

— C'est vrai, Jessie. Il m'a trouvé chez moi, sans connaissance, et m'a emmené à l'hôpital. S'il était arrivé quelques minutes plus tard… Je lui dois la vie. Personne ne le sait. Pas même ma famille..

— Oh ! Joel...

Des larmes roulaient sur ses joues, et ses paumes tremblaient lorsqu'elle prit son visage entre ses mains.

— Je suis désolée, mais tu dois savoir que ta famille t'aime. Peu importent les torts que tu crois avoir commis. Ils t'aiment, tu sais.

Il le savait au fond de lui, et pourtant...

— On ne peut pas refaire le passé, mon cœur...

Mon cœur. La façon dont elle avait dit ces mots le ramena des années en arrière, auprès d'une autre femme et, malgré lui, il se sentit faiblir.

— Tout ce qu'on peut faire, c'est essayer de maîtriser l'avenir. Ne crois-tu pas que tu dois à Katie, à ton père aussi, de rentrer chez toi, de vivre auprès de ta famille qui t'aime et qui doit déplorer ton absence ?

Il s'écarta légèrement d'elle et se passa une main sur le visage. Ensuite il prit une longue inspiration, puis une autre, mais cela ne suffit pas à chasser les images qui tournaient dans sa tête.

— Je ne peux pas le supporter, Jessie. Leur regard, la pitié, la compassion...

— Parce que tu penses que tu ne les mérites pas. Mais tu les mérites. Tu dois te pardonner et aller de l'avant avant que la vie ne t'échappe et que le temps qu'il te reste à passer avec ceux que tu aimes ne s'envole.

Tout à coup, il osa la regarder, et lut le chagrin sur son visage alors qu'elle disait calmement :

— Il ne me reste que ma sœur, Joel. Tu as toute une famille qui tient à toi, et Brendan aussi... Ne le perds pas de vue.

Et elle aussi tenait à lui. Jessie ne le dit pas à voix haute, car c'était inutile. Elle était sûre que Joel pouvait le deviner, et elle n'avait pas l'intention de fuir.

— J'ai conscience de mon hypocrisie, tu sais, admit-elle. Je te juge pour avoir fui ta vie alors que je fais exactement la même chose chaque fois que je prends un livre, par exemple...

Il rit.

— Je ne pense pas que ce soit la même chose.

— Ah bon, tu crois ?

Elle haussa les sourcils d'un air de défi.

— Les livres sont une échappatoire, mais aussi un bouclier derrière lequel je me cache. Quand la vie devient trop dure et que j'ai besoin de fuir le monde réel, je lis. Et je dévore des chapitres entiers quand mes crises d'angoisse se font plus fréquentes...

Il pencha la tête.

— As-tu toujours souffert d'anxiété ?

— Quand j'étais plus jeune, mais je l'avais oublié jusqu'à ce que l'accident de ma mère fasse tout resurgir. Je ne sais pas si c'est la prise de conscience qu'on ne peut pas contrôler tout ce qui nous arrive, qu'un jour tout peut aller bien et le lendemain...

Elle posa la main sur sa poitrine, comme pour calmer les battements effrénés de son cœur.

— Ma mère allait faire ses courses, c'est tout, et elle s'est trouvée au mauvais endroit, au mauvais moment. Un conducteur a perdu le contrôle de sa voiture sur du verglas... Cela aurait pu arriver à n'importe qui.

— Je suis désolé, Jessie.

— Après, je me suis sentie impuissante. La seule chose

que je pouvais faire, c'était d'être là pour elle. L'aider quand elle en avait besoin, prendre soin d'elle, mais je ne pouvais pas changer ce qui s'était passé. Je ne pouvais pas empêcher l'inévitable de se produire. Et puis j'ai commencé à voir le danger partout – une sortie en ville, une promenade dans le parc. J'ai arrêté de regarder les informations, d'écouter la radio… je me suis renfermée sur moi-même.

— Je comprends.

— C'est pourquoi ma sœur m'a envoyée ici, dans l'espoir de me redonner goût à la vie…

— Et au lieu de cela, tu es tombée sur moi !

Elle sourit à travers ses larmes, heureuse de retrouver la petite étincelle d'ironie dans ses yeux.

— Oh ! je pense qu'il y a du bon dans notre rencontre, tu sais.

— C'est vrai ?

Elle acquiesça, tout en comblant la distance qui les séparait.

— Et si nous nous faisions une promesse ?

— Une promesse ?

— Oui. Un pacte.

— Je t'écoute…

— Je promets de poser mes livres et me jeter dans la bataille en faisant les autres activités que tu as mentionnées…

— De quelles activités veux-tu parler ?

— Eh bien, le surf, la randonnée, le 4x4… Toutes ces choses que tu pourrais m'apprendre si tu avais envie de rester un peu dans les parages.

— Ça a l'air intéressant, comme programme.

— Ensuite, tu pourras retourner auprès des tiens l'esprit plus léger, et regarder l'avenir avec plus d'optimisme. Je ne te suggère pas de revenir à son rythme d'avant et de travailler vingt-quatre heures sur vingt-quatre, mais de trouver un équilibre, tout en te ménageant des plages de liberté en dehors du bureau.

— Tu ne te rends pas compte de ce que tu me demandes.

Elle tendit la main, la posa sur sa joue et avoua :

— J'ai mis ma vie entre parenthèses pour m'occuper de ma mère et je me suis retrouvée un jour complètement seule…

— Tu donnes l'impression de te le reprocher, alors que ce que tu as fait était incroyable.

Il l'attira à lui.

— Ta mère a eu beaucoup de chance de t'avoir. Je ne suis pas sûr que beaucoup de gens mettraient leur vie entre parenthèses pour s'occuper d'une autre personne.

— Plein de gens le font tout le temps !

— Et ils méritent d'être remerciés pour cela.

Elle rit pour masquer son émotion.

— Là, tu exagères. Je n'ai pas plus de mérite que les autres.

— Tu es unique, Jessie Rose.

— Dommage que mon fiancé n'ait pas été de cet avis.

Ces mots avaient jailli sans qu'elle puisse les retenir.

— Qu'est-ce que tu veux dire ?

Elle baissa les yeux. Elle ne voulait pas parler de sa relation avec Adam, et encore moins de la scène dévastatrice qui s'était déroulée au pub. Elle avait beaucoup souffert, ce jour-là.

— Jessie ? Qu'est-ce qu'il s'est passé ?

— Je t'ai dit que j'avais dû quitter ma vie à Londres pour m'occuper de maman ?

— Oui…

— Adam, lui, est resté, et notre relation s'est transformée. Je l'appelais le soir, et nous nous voyions le week-end... Ce n'était pas suffisant. En tout cas, pas pour lui.

— Mais il savait ce que tu traversais ? Il savait pour ta mère et son pronostic...

— Oui, il savait tout.

— Alors il aurait dû te soutenir, t'aider... Quel genre d'hommes pourrait t'en tenir rigueur ?

— Celui qui se sent abandonné, privé d'attention.

Il réfléchit quelques instants, puis répondit :

— Qu'est-ce qu'il est ? Un enfant ? On dirait que tu as pitié de lui !

Elle protesta ?

— Pas du tout. Mais peu à peu, je pense que je me suis détachée, émotionnellement et physiquement.

Il secoua la tête.

— Est-ce lui qui pensait cela, ou toi ?

— Lui. Mais il avait raison.

— Sûrement pas ! Il aurait dû être là pour toi, pas te réprimander.

— De toute façon, ça n'a plus d'importance, aujourd'hui. Notre histoire devait se terminer, car il n'était pas l'homme que je croyais, et je n'étais pas non plus la personne dont il était tombé amoureux. J'avais changé. La jeune fille heureuse et insouciante qui travaillait dur pour faire avancer sa carrière tout en aimant faire la fête avait disparu depuis longtemps.

— Nous devons tous grandir un jour.

— Certains d'entre nous plus tôt que d'autres...

— Que s'est-il passé, ensuite ?

— Nous avons pris des chemins différents. Je suis

restée dans la maison familiale, mais depuis que ma mère n'y est plus, je ne suis pas sûre de vouloir continuer à y vivre.

— Et ton travail ? Tu veux y retourner ?

Elle éclata de rire.

— Et travailler avec mon ex ? Je ne crois pas, non !

Il grimaça.

— Donne-toi un peu de temps pour réfléchir à tout ça, d'accord ?

— Tu as raison.

Il lui lança un clin d'œil.

— Et si je peux t'aider à penser à autre chose, ce sera avec plaisir. Tu semblais apprécier ce genre de distractions, tout à l'heure...

Elle rit en se lovant contre lui, tandis qu'il lui caressait les cheveux.

— Tu es sûre de vouloir que je reste un peu ?

— Mais oui ! répondit-elle. Qui d'autre va m'apprendre à surfer, sinon ?

— Eh bien, présenté comme ça...

Il l'embrassa tendrement.

— Merci de m'avoir aidé à voir les choses sous un autre angle, Jessie.

— J'aime à penser que tu aurais fini par y arriver toi-même...

— Je n'en suis pas si sûr. Brendan, mes frères, ma sœur, ma mère... ils ont tous essayé, et pourtant c'est toi qui as réussi.

Cet aveu fit naître une douce chaleur au plus profond d'elle, et une vague d'émotions menaça de la submerger.

— Dans ce cas, je vais prendre cela comme un compliment et t'inviter à dîner car je suis affamée !

En riant, il la poussa sur le lit et murmura à son oreille :

— Ça peut attendre un peu, non ? Je n'ai pas très faim, pour l'instant...

10

— Hannah, qu'est-ce qu'il se passe ?

Jessie chuchotait au téléphone, tout en cherchant à tâtons la salle de bains. Elle ne voulait pas réveiller Joel qui dormait tranquillement dans son lit, où il avait passé les trois dernières nuits.

Elle consulta l'écran de son portable : 3 heures du matin ! Soit Hannah l'avait appelée par erreur, soit quelque chose n'allait pas du tout. Le cœur battant, elle essaya de ne pas envisager le pire et rappela.

— Hannah ?

— Jessie, enfin !

— Qu'est-ce qu'il se passe ?

— C'est à toi qu'il faut demander ça ! Tu ne réponds pas au téléphone depuis deux jours, tu ignores mes messages...

— Hannah, il est 3 heures du matin !

Jessie étouffa un bâillement.

— Écoute, Hannah... Tu m'as envoyée ici pour que je puisse me distraire, me détendre, et maintenant tu t'inquiètes que je ne sois pas disponible vingt-quatre heures sur vingt-quatre.

— Tu aurais pu au moins m'envoyer un SMS !

Sa sœur n'avait pas tort. Mais elle avait été prise dans un

tel tourbillon d'émotions, de plaisir, qu'elle n'avait même pas songé à apaiser l'inquiétude d'Hannah.

— Je suis désolée, tu as raison. J'aurais dû répondre plus tôt.

— Qu'est-ce qu'il se passe ? renchérit Hannah. Cela ne te ressemble pas d'être aussi silencieuse.

— Je suis en vacances, je me détends, je fais tout ce que tu m'as dit de faire...

— Mais Joel est toujours là, n'est-ce pas ?

— Oui.

Un silence se fit sur la ligne, plus éloquent qu'un long discours.

— Écoute, Hannah, tu n'as pas besoin de t'inquiéter pour moi, je m'amuse beaucoup ici.

— Avec lui, c'est ça ? Il y a quelque chose entre vous deux ?

Par l'entrebâillement de la porte, Jessie vit les ombres jouer sur la silhouette de Joel, et se détourna. Elle ne pouvait pas mentir à Hannah, mais elle n'avait pas non plus besoin que celle-ci se comporte en grande sœur en ce moment.

— Cela ne durera pas plus longtemps que mon séjour ici.

— Qu'est-ce que ça veut dire ?

— Que je prends du bon temps, ce qui était le but de ce voyage, n'est-ce pas ?

— Mais... cela ne va pas dans le bon sens, Jessie ! Si tu connaissais sa réputation, tu...

— Une réputation fabriquée de toutes pièces par la presse à scandale !

— Tu oublies sa famille et ses amis... Sais-tu qu'il est veuf ?

— Oui, répondit Jessie, sans pouvoir réprimer un petit pincement au cœur.

Elle se morigéna. Elle n'avait pas le droit d'être jalouse d'une femme dont la vie avait été si cruellement fauchée. Mais Joel lui avait raconté son amour indéfectible pour Katie, et elle ne pouvait pas y penser sans avoir mal.

— Il a traversé beaucoup d'épreuves, tu sais.

— Et il ne s'en est jamais remis, Jessie.

— Il va mieux, je t'assure...

— Comment peux-tu dire ça ? Tu le connais depuis cinq minutes !

Jessie secoua la tête. Sa sœur ne comprendrait pas comment elle avait pu partager tant de choses, *ressentir* tant de choses en si peu de temps, avec Joel.

— Et toi, tu ne le connais pas du tout ! rétorqua-t-elle d'un ton sec.

Ce n'était pas le genre de sa sœur de croire aux ragots et elle n'avait pas besoin de les entendre de sa bouche. Elle savait qu'elle n'avait pas d'avenir avec Joel et elle n'avait pas besoin que sa sœur retourne le couteau dans la plaie.

— Pourquoi le défends-tu ? reprit Hannah.

Elle se mordit la lèvre, incapable de dire à sa sœur une vérité qu'elle refusait elle-même d'admettre : elle était tombée amoureuse de Joel. Pire encore, elle n'était pas prête à mettre fin à leur aventure !

— Écoute, Jessie... Il faut cesser de croire aux contes de fées qu'on raconte dans tes livres. Je te connais et je connais ton bon cœur. Je sais que tu seras bouleversée par ce qu'il a vécu, et que tu voudras l'aider à guérir. Mais il te laissera en plan. Crois-moi, il...

Un rire nerveux lui échappa.

— Tais-toi, Hannah ! Tu as bu, ou quoi ?

— N'importe quoi ! Il est 8 heures du matin ici.

— Est-ce que Leon est là ?

— Non. Il a prolongé son voyage à Los Angeles. Je ne sais pas pour combien de temps.

— Tu ne sais pas ?

— Non, je ne sais pas, Jessie. Mais ne change pas de sujet !

Comment sa sœur pouvait-elle ignorer quand son mari reviendrait ? Elle comprenait que leurs carrières passaient avant tout, mais tout de même… était-ce son imagination, ou était-ce sa sœur qui était sur la sellette, maintenant ?

— Tout va bien chez toi, Hannah ?

— Ça ira mieux quand tu m'auras rassurée. Dis-moi que je me trompe et je te laisserai profiter de tes vacances en paix.

Jessie appuya son front brûlant sur le carrelage frais de la cabine de douche.

— Comme je l'ai dit, tu n'as pas à t'inquiéter pour moi. Quant à Joel, je sais ce que je fais.

Après un long silence, Hannah reprit la parole.

— Tu ne pourras pas le changer, Jessie, tu le sais, n'est-ce pas ?

— Qui parle de le changer ?

Hannah laissa échapper un long soupir.

— Tu sais que sa sœur va célébrer ses fiançailles à New York et qu'il n'a même pas répondu à l'invitation ?

— Il a sans doute ses raisons.

Des raisons que Jessie comprenait même si elle n'était pas d'accord, mais ce n'était pas à elle de les révéler à Hannah.

— En tout cas, d'après Brendan…

— Brendan devrait passer plus de temps à écouter Joel qu'à le critiquer devant toi et à essayer de le contrôler de loin ! coupa Jessie, glaciale.

Comment sa sœur pouvait-elle s'ingérer ainsi dans l'existence de quelqu'un qu'elle ne connaissait même pas ?

Pourtant, Hannah insista.

— Ce n'est pas très juste.

— Ce qui est injuste, c'est que tu gâches la meilleure chose qui me soit arrivée depuis longtemps !

À bout de nerfs, elle raccrocha. Comment Hannah osait-elle ?

— Tout va bien ?

Elle se retourna et découvrit Joel, debout dans l'embrasure de la porte. Les cheveux ébouriffés, les sourcils froncés sur son visage rougi par le sommeil, il n'avait jamais été aussi séduisant.

Pourvu qu'il n'ait pas entendu sa conversation !

— Désolée, dit-elle avec un faible sourire. Est-ce que je t'ai réveillé ?

— Non, mais j'ai tendu la main et tu n'étais pas là. Qui était au téléphone ?

— Ma sœur.

— Elle a oublié le décalage horaire ?

Elle regagna le lit et s'y installa.

— Non, elle a juste oublié que j'étais une adulte.

Il s'allongea près d'elle.

— Tu m'expliques ?

En guise de réponse, elle enroula sa paume autour de son cou et laissa lentement glisser sa bouche sur la sienne.

— Après...

Dans les bras de Jessie, après leur étreinte torride, Joel ne parvenait pas à faire taire la petite voix lancinante qui lui répétait les mots qu'elle avait prononcés un peu plus tôt :

« Ce qui est injuste, c'est que tu gâches la meilleure chose qui me soit arrivée depuis longtemps ! »

Parlait-elle de lui ? D'eux ? Certes, entre eux la passion flambait, mais Jessie suggérait quelque chose de durable, quelque chose de plus qu'une simple aventure sensuelle, et qui ressemblait à... une relation amoureuse ?

Non, ils ne s'engageraient pas sur cette voie. Elle le savait. Il le savait.

Et si... elle commençait à éprouver des sentiments pour lui ?

— Ça va ?

Elle se lova contre lui, et il eut le temps de remarquer l'inquiétude, dans ses yeux.

— Ça va très bien...

Glissant ses doigts dans ses cheveux, il l'embrassa avec fougue. Ce n'était pas le moment d'en parler, elle le lui avait déjà dit.

Oui, c'est le moment de préparer ta fuite, comme tu le fais toujours...

Il ferma les yeux, la fit rouler sous lui et approfondit son baiser, jusqu'à ce que la vague du plaisir les submerge tous deux, faisant taire la petite voix en lui.

Il n'était pas encore prêt à faire face à la réalité, mais il avait accepté d'y travailler. Grâce à Jessie.

11

— Joel, arrête… arrête ! cria Jessie entre deux rires. Je n'en peux plus !

Elle repoussa ses mains posées sur ses hanches.

— Tu es sûre ? insista-t-il en chassant ses cheveux mouillés de son visage. Tu as failli avoir la dernière vague !

— Mais non ! Je suis tombée trop de fois pour pouvoir les compter.

— Tout le monde tombe, même les pros.

— Pourtant, à te regarder, on a l'impression que c'est facile.

— En tout cas, j'aime te regarder surfer… Ça m'excite !

— Joel… Ce n'est pas en me flattant que tu me convaincras de recommencer.

Il l'attira à lui.

— Ah bon ? Et comme ça ?

Il l'embrassa jusqu'à ce qu'elle s'abandonne entre ses bras.

— Joel, tu triches, et ce n'est pas bien, dit-elle d'une voix rauque.

— Disons que… je pimente un peu l'expérience.

— Pimenter ! C'est comme ça que tu appelles les bleus que j'ai sur tout le corps ?

— Je sais comment soigner ton corps, souffla-t-il avec un clin d'œil.

— Mais pas mon ego meurtri ! Tu l'as fait exprès pour que je me déshabille, c'est ça ?

Il leva les mains.

— Qu'est-ce que j'y peux si je te préfère nue qu'habillée ?

Aussitôt, ses joues se colorèrent d'une délicate nuance de rose soulignant les taches de rousseur qui parsemaient son nez. Comme il se penchait pour y déposer le plus léger des baisers, son cœur s'emballa… et la panique le saisit de nouveau.

Jessie le touchait au plus profond, ravivant cette flamme qu'il s'était efforcé d'étouffer, mais qui ne demandait qu'à jaillir à nouveau.

Depuis une semaine, ils vivaient des moments merveilleux, et Jessie tenait sa promesse : elle s'ouvrait au monde, et faisait avec lui des choses qu'elle n'aurait jamais pu espérer faire si elle ne l'avait pas rencontré.

Et plus ils partageaient de bons moments ensemble, plus leurs sentiments grandissaient…

Il chercha son regard, dans l'espoir de trouver la réponse à une question informulée. L'océan les portait, la planche attachée à la cheville de Jessie flottait à quelques mètres, et il eut soudain envie d'appuyer sur « pause ». De figer ce moment pour le savourer du mieux qu'il pouvait, sans Katie.

Avec Jessie, le vide qu'avait laissé Katie lui paraissait moins grand, moins douloureux aussi.

C'est Jessie qui rompit le silence en disant :

— Nous devrions rentrer. Le dîner sera bientôt servi.

— D'accord.

Comme elle commença à s'éloigner, il l'attira de nouveau

à lui pour l'embrasser. Et pour oublier que, bientôt, très bientôt même, cette parenthèse se terminerait ?

Pourquoi Joel l'embrassait-il avait autant de fougue, presque de désespoir ? se demanda Jessie, tandis qu'il la serrait contre lui à l'étouffer. Était-il inquiet de la façon dont les choses évoluaient, entre eux ? Se pouvait-il qu'il ait perdu de vue leur accord : vivre ensemble une aventure, partager un peu de plaisir, et rien de plus ?

Et si oui, qu'est-ce que cela signifiait ?

Elle se libéra doucement de son étreinte.

— Joel, aide-moi à détacher cette maudite planche !

Il rit, et passa une main dans ses cheveux que l'eau salée faisait boucler.

— Viens, je vais t'aider.

Il se baissa pour la détacher et elle sentit la chaleur de son corps lorsqu'elle posa une main sur son épaule.

— Tu sais, si on fait vite, murmure-t-elle, on pourra peut-être s'accorder une petite récréation avant le dîner.

Il s'élança, la planche sous le bras.

— Alors dépêchons-nous !

Jessie sourit à son reflet alors qu'elle attachait une grosse boucle d'oreille en cristal – un accessoire un peu voyant, certes, mais ce soir, elle avait envie de briller de tous ses feux !

— Waouh !

Depuis le seuil de la salle de bains, Joel l'observait, une serviette autour des hanches et les cheveux mouillés.

— C'est une soirée spéciale ?

Elle croisa son regard dans le miroir et sourit.

— Pas vraiment, mais j'ai envie d'un peu de paillettes, ce soir ! C'est vendredi, après tout.

— Ah bon ? Je ne compte jamais les jours, quand je suis en voyage.

— J'ai l'impression que ça fait longtemps que tu ne comptes plus !

À la lueur qu'elle vit briller dans son regard, elle comprit qu'elle avait touché du doigt la vérité. Mais la lueur disparut aussi vite qu'elle était venue, remplacée par son irrésistible sourire en coin.

Comme elle lissait une dernière fois le fourreau noir qui la moulait comme une seconde peau, son téléphone sonna sur la coiffeuse, et elle jeta un coup d'œil à l'écran.

— Oh oh...

Au même moment, le portable de Joel bipa, et il eut la même réaction qu'elle en consultant le message.

— Laisse-moi deviner, dit-elle. Brendan ?

Il acquiesça et fit un geste vers elle.

— Laisse-moi deviner... Ta sœur ?

Comme elle hochait la tête, il fit un pas vers elle.

— Elle te met en garde contre moi, c'est ça ?

Elle acquiesça.

— Tu crois qu'Anton lui rapporte tous nos faits et gestes ? demanda-t-elle.

— Eh bien, pas tout à fait... Il n'est pas ici, dans la chambre, que je sache !

Elle rit tandis qu'il posait les mains sur ses hanches.

— Et c'est une bonne chose, tu ne trouves pas ?

Elle noua les mains autour de son cou, savourant la chaleur de son corps, le parfum boisé de sa peau...

— Joel, tu es un vrai démon…

— Et tu t'en plains ?

Ses yeux brillants répondirent pour elle. Jamais sa vie n'avait été aussi belle, aussi riche, aussi… stimulante ! Même ses cauchemars n'étaient plus qu'un lointain souvenir lorsque Joel partageait son lit.

Et quand il ne sera plus là ? Quand cette parenthèse se refermera et que tu retourneras dans ton petit cottage, seule, sans travail et loin de ta sœur ?

Elle chassa bien vite ces pensées importunes, et posa sa main sur le torse dénudé de Joel.

— Tu vas t'habiller ou… tu as l'intention d'aller dîner comme ça ?

— Je pense qu'Anton est déjà bien assez contrarié. Inutile d'en rajouter !

— Crois-tu que ce soit lui qui est contrarié, ou qu'il ne fait que refléter l'humeur de son patron ?

— Un peu des deux, je pense.

— Je ne suis pas sûre de comprendre ce que veut Brendan. S'il est vraiment ton ami, il devrait se réjouir que…

— Que je reprenne goût à la vie ? Il s'en réjouit sans doute, mais il doit penser que je vais un peu trop vite…

Elle fronça les sourcils.

— Peut-être parce que tu t'es retiré du monde pendant trop longtemps. Quand tu retrouveras ta famille et ton travail…

Il se crispa soudain, et s'écarta d'elle pour jeter sa serviette sur le lit où il avait laissé ses vêtements pour la soirée.

— Qu'est-ce qui ne va pas ? demanda-t-elle.

— Rien.

Il glissa d'un geste rageur une jambe dans son pantalon, puis l'autre.

— Chaque chose en son temps, d'accord ? Je ne suis pas prêt à revenir et à faire comme si rien ne s'était passé.

— Personne ne s'attend à ça, mais les fiançailles de ta sœur sont imminentes et...

— Comment le sais-tu ?

— C'est Hannah qui m'en a parlé.

Brusquement, ses yeux s'assombrirent.

— Vous avez parlé de moi ? De ma famille ?

— Non, non. C'est venu au détour de la conversation, c'est tout, et...

Un coup frappé à la porte les interrompit.

— Oui ?

Anton se racla la gorge.

— Le dîner est servi.

— Merci, Anton, répondit-elle d'un ton qu'elle espérait enjoué. Nous arrivons dans une seconde !

Quand les pas du majordome se furent éloignés, le silence se prolongea.

— Joel, je...

— Va dîner sans moi ! Je n'ai plus d'appétit.

— S'il te plaît, Joel... Ta sœur est contrariée que tu n'aies pas répondu, et ta famille souhaite que tu sois à New York, et...

— Laisse tomber, Jessie. Je ne veux pas en parler !

Furieux, il ouvrit la porte et s'éloigna dans le couloir, la plantant là.

12

Joel s'éloigna de la chambre, très agité. Il n'était pas d'humeur à dîner, et n'était même pas sûr de pouvoir supporter sa propre compagnie.

C'est pour cela qu'il fuyait les gens. Car ils pouvaient le juger, remettre en question son comportement, susciter sa culpabilité.

Bien sûr que Jessie avait parlé de lui à sa sœur ! C'était normal, après tout. Mais en l'occurrence, c'était différent. Il s'agissait de sa famille. De *ses* obligations. Et elles ne regardaient personne d'autre que lui.

Si tu avais répondu à Simone, comme un frère se doit de le faire, personne ne s'en serait mêlé...

Sa mère, ses frères, Brendan et maintenant Jessie faisaient pression pour qu'il assume ses responsabilités de chef de famille. Ils attendaient qu'il remplace leur père en accordant la main de sa sœur à son fiancé et en portant publiquement un toast aux futurs époux...

Il se passa la main dans les cheveux, et ralentit son allure. C'était lui qui avait tort, et pourtant il était en train de fuir Jessie, de se défouler sur elle.

La seule personne contre laquelle il devait diriger sa colère, c'était lui-même, et certainement pas Jessie, la seule femme qui le comprenait mieux que quiconque. La seule à lui avoir montré qu'elle se souciait vraiment de lui.

Maudissant sa réaction brutale, il revint sur ses pas.

Il trouva la chambre déserte, mais le parfum capiteux de Jessie y flottait encore. Il descendit à la salle à manger, où Anton l'aida à s'asseoir à leur table habituelle.

Jessie rougit en le voyant. S'ils avaient été seuls, elle aurait sûrement dit quelque chose, mais au lieu de cela, elle pinça les lèvres, évitant son regard.

Une fois assis, il attendit tranquillement que le vin soit versé et que Margot apporte les plats.

— Ce soir, nous vous proposons un poulet à l'ananas, accompagné d'une salade arc-en-ciel, suivi d'une glace coco.

Il prit une gorgée de vin.

— C'est parfait, merci.

Le silence s'éternisa, et elle finit par le rompre.

— Tu n'as rien à me dire, Joel ?

Il serra les dents, puis se ressaisit. Il lui devait bien ça.

— Si. Je te dois des excuses. J'ai déversé ma colère sur toi alors que je ne peux m'en prendre qu'à moi-même.

— Qu'est-ce qui te fait dire cela ?

— Le fait que je sois un idiot, doublé d'un égoïste qui refuse d'affronter la réalité et gâche la vie de ceux qui l'entourent !

— Je ne pense pas que ce soit si grave que cela...

— Ah bon ? lança-t-il, amer. Tu t'es pourtant longuement étendue sur le sujet !

— J'essayais seulement d'aider, Joel.

— Je sais dit-il, radouci, et tu m'as vraiment aidé. Je me suis comporté comme un imbécile. Ma sœur va se marier et elle veut probablement me demander de la conduire à l'autel. Mais j'ai été tellement absorbé par mon propre chagrin que je n'ai pas répondu à son invitation. Je ne l'ai même pas félicitée en personne. Quel grand frère se comporte ainsi ?

Elle préféra ne pas répondre, et il comprit qu'elle partageait son avis, mais ne voulait pas l'accabler.

À quoi pensait-elle ? Retenait-elle les mots qui faisaient mal ? Ou tentait-elle comme lui de chasser les émotions qui menaçaient de la submerger ?

Il aurait voulu la remercier pour tant de choses ! Pour lui avoir demandé de passer ces quelques jours avec elle. Pour la joie qu'elle lui avait apportée, les expériences qu'ils avaient partagées, les sentiments qu'elle avait ravivés en lui...

Mais comment dire tout cela sans renforcer le lien qui les unissait ?

Car elle ne pouvait pas l'aimer, pas plus qu'il ne pourrait jamais l'aimer...

Enfin, elle prit la parole.

— Tout le monde commet des erreurs, Joel.

— Même toi ?

Elle rit doucement.

— Même moi. Ce qui compte, c'est d'en tirer les leçons et d'aller de l'avant.

— Si tu veux parler de la façon dont tu as traité ton fiancé, je t'arrête tout de suite : l'égoïste, c'est lui, pas toi !

— Je ne parlais pas de cela.

Il prit un ton taquin pour dire :

— Alors, confesse-moi tout, Jessie Rose : qu'as-tu encore à te reprocher ?

— Personne n'est parfait, Joel. Et heureusement que tu ne m'as pas rencontrée quand j'étais plus jeune !

Il prit une gorgée de vin et laissa filer la conversation,

plus légère désormais. Il était curieux d'en savoir plus sur elle, sur son enfance, sur sa jeunesse.

— J'étais une adolescente très rebelle. Demande à Hannah ! C'est elle qui en a fait les frais, en prenant ma défense auprès de maman, alors qu'elle aurait préféré étudier plutôt que de me protéger des voyous que je fréquentais !

— Ah ! Il y a des choses qui ne changent pas, dit-il avec ironie.

— Peut-être. Mais je ne suis plus une adolescente, et je n'ai pas besoin de sa protection. Je pensais que les choses changeraient et pendant des années, j'ai essayé de lui prouver que j'étais capable de prendre mes responsabilités. Quand maman est tombée malade, j'ai pris le relais...

— Mais elle te traite toujours de la même façon...

— Et ça me rend dingue ! dit-elle avant de prendre une gorgée de vin. Les habitudes ont la vie dure, comme on dit. Mais il est temps de mettre fin à tout ça.

— Tu as raison. Dis-le-lui !

— J'ai essayé.

— Essaye encore jusqu'à ce qu'elle comprenne ! Continue à être toi-même, tout simplement. Un jour, elle te verra comme la femme forte, indépendante et extraordinaire que tu es.

Son verre de vin resta en suspens dans sa main.

— C'est vraiment comme ça que tu me vois ?

C'était trop pour lui. Trop de sentiments. Trop de transparence. Mais il ne pouvait pas revenir en arrière, et il ne voulait pas le faire. Elle avait besoin de se voir comme les autres devraient la voir, comme il la voyait, lui...

— Oui...

Il rompit le contact visuel avant qu'elle ne puisse lire dans son regard.

— Mais mangeons, ça va refroidir…

Elle ne bougea pas, et garda les yeux fixés sur lui.

— Merci.

— Pour quoi ?

— D'être toi.

Il eut un rire étouffé.

— Alors tu acceptes mes excuses et nous sommes de nouveau amis ?

Elle esquissa un sourire, et lui jeta un regard plein de flamme.

— Plus que jamais.

Jessie était troublée à l'extrême. Comment se raisonner, et ne pas espérer que, malgré tout l'amour qu'il portait à sa défunte épouse, il pouvait lui faire une petite place dans son cœur ? Dans sa vie ?

Il n'y avait qu'un seul moyen de savoir ce qu'il ressentait vraiment : lui dire la vérité. Elle devait lui avouer qu'elle était amoureuse de lui, quitte à ce qu'il la rejette. Au moins, elle n'aurait pas de regrets.

— Envie d'un dernier verre ? demanda-t-il en se levant de table.

— Ce ne serait pas raisonnable. Le vin me monte à la tête. Rentrons…

Elle lui sourit, et quand il glissa sa main dans la sienne, elle sentit sa chaleur se diffuser jusqu'à son cœur.

Une fois dans la chambre, elle se dirigea directement vers la salle de bains. Comme elle bataillait avec la fermeture Éclair au bas de sa robe, Joel entra.

— Laisse-moi t'aider…

En silence, elle lui présenta son dos, et sentit ses doigts effleurer la peau délicate de son cou, où il déposa un baiser.

— C'est presque un crime de t'enlever ça, murmura-t-il, alors qu'il abaissait la fermeture. Elle te va à ravir.

Il leva ses yeux vers les siens, dans le miroir, tandis que la robe tombait au sol dans un bruissement de soie. Puis, lentement, il dégrafa son soutien-gorge.

— Tu es encore mieux comme ça...

Comme la dentelle rejoignait sa robe, elle souffla :

— Assez bien pour me garder ?

Il s'immobilisa, et ses yeux s'assombrirent.

— Ne me demande pas cela.

Elle se retourna pour lui faire face.

— Pourquoi ?

— Tu sais très bien pourquoi.

— Je sais que tu as été blessé, Joel. Tu ne vois peut-être pas en moi ton âme sœur, mais il y a quelque chose de fort entre nous. J'en suis sûre...

Elle sentit ses mains trembler sur sa peau.

— Je ne peux pas, Jessie. Je ne peux pas revivre cela.

— Pourquoi ?

— Cette perte, et la douleur qu'on ressent... Elle vous anéantit. Je ne sais pas si j'en reviendrai un jour. Si je pourrai reprendre une vie normale.

— C'est quoi, une vie normale, pour toi ? demanda-t-elle en lui caressant tendrement les cheveux.

— Je ne sais pas exactement mais en tout cas, ce n'est pas ça... Cette bulle dans laquelle nous nous réfugions depuis plus d'une semaine... ce n'est pas la réalité.

— Mais ça peut l'être. La vie est l'aventure que tu en fais, Joel : vis-la, aime-la, et ne regrette rien !

Il laissa échapper un rire dur.

— Tu crois que c'est en m'assénant des principes de vie que tu vas me faire changer d'avis ?

Elle pâlit, et sa voix se brisa.

— C'est ce que ma mère m'a dit avant de mourir parce qu'elle pensait que j'avais besoin de l'entendre. Et si elle était encore de ce monde, elle te dirait la même chose.

Comme elle s'éloignait, il tenta de la rattraper.

— Je suis désolé, Jessie, je ne voulais pas… Excuse-moi…

Elle ne voulait plus l'écouter, mais il insista.

— Je pensais que tu avais accepté. Que nous étions d'accord sur… ce que ces vacances signifiaient, pour nous. Je ne peux pas supporter de te faire du mal, à toi aussi.

— Tu ne me fais aucun mal, répondit-elle d'une voix blanche. Je me fais du mal toute seule…

13

Joel se réveilla en sursaut. La pièce était plongée dans l'obscurité, et la lumière de la lune peignait des ombres sur les draps blancs. Pourquoi était-il tout habillé ?

L'esprit embrumé, il se remémora les événements de la soirée précédente.

Jessie était enroulée entre les draps, en chien de fusil, les joues rougies de larmes. Soudain, elle balbutia :

— Maman… Maman…

Elle s'agita dans son sommeil et il lui saisit le poignet tandis qu'elle se débattait.

— Jessie, calme-toi. Tout va bien… Ce n'est qu'un rêve. Je suis là…

Il la prit dans ses bras et la berça doucement, jusqu'à ce que sa respiration redevienne profonde et régulière. Quand elle se calma enfin, il sentit son corps plus lourd contre le sien.

Il déposa un baiser sur ses cheveux.

— Tout va bien, répéta-t-il, étrangement ému.

Il n'était pas sûr de savoir s'il s'adressait à elle ou à lui-même, songea-t-il, comme elle ouvrait lentement les yeux

— J'ai fait un cauchemar ? bredouilla-t-elle, dans un demi-sommeil.

— Oui, ma chérie, mais c'est fini, maintenant.

— Est-ce que je t'ai réveillé ?

— Mais non, ne t'inquiète pas. Comme tu gémissais, j'ai essayé de te rassurer.

Elle posa sa joue contre sa poitrine, mais la tension demeurait, et il se rendit compte qu'elle avait du mal à respirer. Son cauchemar la hantait-il encore ?

— Tu veux bien me dire ce qui te tourmentait ? demanda-t-il en déposant un baiser sur ses cheveux.

Après un long silence, elle prit une profonde inspiration et expliqua :

— C'est un cauchemar que je faisais quand j'étais petite…

Sa voix n'était guère plus qu'un murmure, et couvrait à peine les battements effrénés de son propre cœur.

Intrigué, il demanda :

— Et il n'est revenu que maintenant ?

— Non. Cela a recommencé après la mort de ma mère… C'est un signe d'anxiété. Moins j'ai de contrôle sur ma vie, plus je suis susceptible d'avoir des terreurs nocturnes.

Cela signifiait-il qu'il était responsable ? Que leur conversation l'avait bouleversée au point de provoquer ce genre de réaction ?

— C'est à chaque fois le même scénario : on m'enterre vivante. J'entends la terre frapper le cercueil et je crie, mais personne ne m'entend. Je tape des pieds et des mains, en vain.

Instinctivement, elle noua sa jambe à la sienne, tandis qu'il lui caressait les cheveux pour tenter d'effacer cette image horrible…

— Quand j'étais enfant, maman me réveillait. Je l'appelais

et elle apparaissait au moment où j'avais besoin d'elle. Elle me berçait et tout rentrait dans l'ordre.

— Je ne voulais pas te réveiller. Je ne savais pas trop quoi faire.

— Tu étais là, près de moi. C'est tout ce dont j'avais besoin.

Mais qui l'apaisait quand elle était seule, et qui le ferait quand il ne serait plus là ?

Elle leva les yeux vers lui, mais il fuit son regard.

— Je n'avais pas fait ce rêve depuis ma première nuit ici.

— La nuit où je t'ai vue, dans la cuisine ?

Elle acquiesça.

— Oui, j'allais chercher un verre de lait. Maman m'en préparait toujours.

Il sourit.

— Mais je n'en ai pas eu besoin depuis... depuis toi. Je pense que je me suis beaucoup apaisée à ton contact.

Il se raidit. Il ne méritait pas sa gratitude.

— Tu n'as pas à me remercier, tu sais...

Soudain, il eut l'impression qu'elle retenait un sanglot.

— Jessie, qu'est-ce qu'il y a ?

Comme elle refusait de le regarder, il lui souleva doucement le menton.

— Qu'est-ce qu'il y a ?

— Ce n'est rien...

— Ne me mens pas, Jessie.

Lentement, elle leva les yeux.

— Raconte-moi...

— Le jour où Adam et moi avons rompu, je l'avais surpris en train de plaisanter avec ses amis dans un bar...

Comme elle marquait une pause, il l'incita à poursuivre :

— À propos de quoi ?

En imaginant ce qui allait suivre, il sentit la colère monter en lui.

— De mes terreurs nocturnes... Elles semblaient l'amuser, et il a raconté à ses amis que je le frappais dans mon sommeil, et que sous mes airs inoffensifs, j'avais un redoutable crochet du droit...

En l'entendant relater cette scène, il serra les poings. Comme il aurait voulu y assister, pour pouvoir casser la figure de ce sale type !

Il laissa échapper un juron.

— Ce que je ne comprends pas, c'est pourquoi il n'a pas mis fin à notre relation, reprit-elle. Pourquoi ne pas m'avoir dit ce qu'il ressentait, tout simplement ?

— Parce qu'il savait que tu étais trop bien pour lui ! gronda Joel.

Il lâcha son menton, et prit son visage en coupe, comme pour mieux la convaincre de ce qu'il allait dire.

— Une femme belle et intelligente comme toi à son bras... c'était inespéré. Pourquoi aurait-il renoncé à ça ?

Elle sourit malgré elle. Il aurait voulu qu'elle se ressaisisse et accepte la vérité, mais elle n'avait pas fini de parler.

— Ce soir-là, lorsque nous sommes rentrés à l'appartement, il a essayé de me dire qu'il était désolé, il a essayé d'arranger les choses. Mais je me sentais trahie, blessée. Tout à coup, il a tout déballé : son sentiment d'avoir été abandonné, de devoir subir cette relation dans laquelle il s'ennuyait... S'il avait été franc et honnête, et surtout plus courageux, nous aurions pu trouver un terrain d'entente.

Il s'insurgea.

— Quoi ? Tu crois que tu aurais pu agir différemment ? Rester avec lui ? Tu plaisantes ?

— Mais nous aurions pu mettre fin à nos relations avant qu'il ne m'humilie… publiquement.

Le cœur serré, il répondit :

— Je suis désolé qu'il t'ait fait subir ça, mais tu dois savoir que ce n'était pas ta faute. Qu'il cherchait juste des excuses pour justifier son propre comportement, qui était inacceptable. C'est un salaud. Un nul !

Comme il proférait ces paroles définitives, Joel eut un déclic. Tout à coup, les pièces du puzzle se mirent en place, et il comprit ses préjugés, sa réaction sévère à son égard. Elle avait cru qu'il ressemblait à son ex !

— C'est une chance que je ne connaisse pas cet Adam, gronda-t-il, parce que te jure que…

Elle posa sur lui un regard douloureux.

— Calme-toi, Joel… Embrasse-moi.

Il leva vers elle un regard étonné.

— S'il te plaît, Joel…

Il ne se le fit pas dire trois fois. Il se pencha vers elle, et se perdit dans un baiser fougueux, passionné, comme pour lui dire tout ce que les mots ne pouvaient pas exprimer.

Car Jessie valait bien plus qu'il ne pourrait jamais lui donner. Mais il ne pourrait pas être heureux avec elle, s'ouvrir à elle, tant qu'il resterait prisonnier de son amour perdu.

Joel l'embrassa avec tant de passion qu'elle s'enflamma aussitôt. Mais le désir se mêlait d'une douleur sourde, lancinante. De toute son âme, elle voulait lui appartenir. Désespérément. Mais elle ne pouvait empêcher les larmes de couler derrière ses paupières closes.

Il prenait son temps. Il connaissait son corps mieux qu'Adam ne l'avait jamais fait, et se souciait davantage d'elle – ses mots venaient de le prouver.

Dès qu'il la fit basculer sur le lit, elle agrippa les draps, offerte. Doucement, il fit glisser son slip sur ses jambes puis, sa bouche posée sur le cœur de sa féminité, il lui offrit la plus intime des caresses...

Des larmes de tristesse, de bonheur, d'extase coulaient sur ses joues, et pourtant il ne s'arrêta pas. Quand elle gémit, au bord du gouffre, ses baisers se firent plus doux, et il traça un sillon jusqu'à ses lèvres.

— Ne pleure pas, ma chérie... S'il te plaît, ne pleure pas. Ce type était un salaud !

Elle secoua la tête. Comment lui dire que ses larmes n'étaient pas pour Adam, mais pour lui ?

Elle en était incapable. Il lui donnait trop de plaisir... Les yeux fermés, elle l'entendit murmurer :

— Regarde-moi, ma chérie.

Elle secoua de nouveau la tête.

— S'il te plaît, Jessie.

Elle se força à ouvrir les yeux, et lut l'angoisse dans les siens. Il prit une respiration tremblante.

— Je suis désolé de ne pas pouvoir être l'homme dont tu as besoin. Mais tu mérites tellement mieux qu'Adam ! Tellement mieux que moi ! Tu mérites quelqu'un qui puisse t'aimer complètement, absolument...

Elle posa un doigt sur ses lèvres.

— Je t'en prie, Joel, arrête ! Je ne peux pas supporter de t'entendre dire de telles choses avant de me quitter.

— J'ai juste besoin que tu saches que ce n'est pas à cause de toi que...

Elle étouffa un rire douloureux.

— Tais-toi… et fais-moi l'amour.

Joel n'arrivait pas à trouver le sommeil. Le soleil pointait à l'horizon et, à côté de lui, Jessie dormait paisiblement, alors qu'il avait du mal à calmer les battements effrénés de son cœur.

S'il avait eu besoin d'une confirmation supplémentaire qu'elle était tombée amoureuse de lui, il l'avait eue. Elle ne lui avait pas fait de déclaration. C'était inutile.

Le dernier message de Brendan tournait en boucle dans sa tête, et il n'arrivait pas à trouver la paix. Et il ne la trouverait pas tant qu'il n'aurait pas réglé ce problème.

Doucement, il s'écarta d'elle et se rhabilla. À la porte, il lui jeta un dernier coup d'œil. Elle était magnifique, avec ses cheveux roux étalés sur l'oreiller, ses lèvres entrouvertes, sa peau dorée par le soleil.

« Tu ne peux pas l'abandonner comme une conquête d'un jour, Joel. Elle a assez souffert. Ce voyage était censé l'aider, pas lui faire du mal. Tu n'as pas le droit ! »

Sa main trembla sur la poignée de la porte tandis que les mots de Brendan lui revenaient à l'esprit. Une part de lui brûlait de retourner à ses côtés, car il aspirait à savourer la paix qu'il avait retrouvée grâce à elle. Une autre part le poussait à bien faire. À réparer le tort qu'il lui avait causé, ainsi qu'à Brendan et à Katie.

Il n'avait pas cherché à blesser Jessie, mais au contraire

à lui apporter de la joie, du bonheur, à lui faire connaître ce que la vie peut apporter de meilleur. Il lui avait réappris à lâcher prise, à s'amuser. Mais ce n'était plus drôle, car la réalité les rattrapait.

14

Jessie se réveilla seule. À côté d'elle, le lit était vide, et elle frissonna malgré le soleil qui inondait la chambre et brillait haut dans le ciel, indiquant l'heure tardive. Il était presque midi.

Elle se leva d'un bond. Elle n'arrivait pas à croire qu'il était si tard, mais la nuit avait été agitée, et elle ne devait pas s'étonner d'avoir fait la grasse matinée.

Et Joel ? Était-il resté éveillé, attendant qu'elle s'endorme pour quitter la chambre ?

À moins qu'elle l'ait tellement effrayé qu'il avait préféré partir ?

Non. Non, c'était impossible. Pas après leur conversation, pas après tout ce qu'il avait dit…

Refusant de se laisser gagner par la panique, elle enfila son peignoir et partit à sa recherche.

Elle trouva Anton dans le grand salon, occupé à vérifier quelque chose sur sa tablette.

— Bonjour, Jessie.

— Bonjour, Anton.

Elle balaya la pièce du regard, puis les couloirs alentour.

— Avez-vous vu Joel ?

— Je crois qu'il avait des affaires à régler ce matin. Il devrait être de retour à temps pour le dîner.

Des affaires ? Que pouvait-il bien avoir à faire qui nécessitait de quitter la villa, mais pas l'île ? Et s'il voulait tout simplement l'éviter ?

— Alors il n'est pas là ?

— Je crains que non.

— Je suppose qu'il ne voulait pas me réveiller, dit-elle précipitamment, plus pour elle-même que pour Anton.

— J'imagine que oui, répondit le majordome. Il était assez tôt quand il est parti. Puis-je vous apporter un petit déjeuner dans le jardin ? C'est une belle journée, maintenant que le ciel s'est dégagé.

Elle secoua la tête. Elle ne pensait pas pouvoir avaler quoi que ce soit. Pas avant d'avoir vu Joel et d'avoir pu calmer l'angoisse qui montait en elle, malgré tous ses efforts pour l'étouffer.

— Un café, peut-être ? Du thé ?

— Non, merci.

Elle n'avait pas besoin de caféine pour accélérer son pouls déjà très rapide.

Anton la regardait avec une telle pitié qu'elle eut envie de pleurer. Était-elle à plaindre ? Sa détresse était-elle si évidente, pour tout le monde autour d'elle ?

— Si vous changez d'avis, faites-le nous savoir.

— Je n'y manquerai pas, merci.

Elle ne changea pas d'avis. Elle nagea jusqu'à ce que son corps lui fasse mal, essaya de lire sans parvenir à suivre le fil de l'histoire, puis erra dans les jardins...

Elle savait qu'elle luttait pour ne pas céder à la panique,

mais que la situation lui échappait totalement. Elle avait choisi de vivre une aventure avec Joel. De profiter avec lui d'une parenthèse enchantée, de quelques moments de plaisir. Et maintenant, elle devait faire face aux conséquences. Rien que de très normal, après tout.

Même si elle n'avait pas *choisi de* tomber amoureuse de lui. Joel n'avait certainement pas eu l'intention de laisser les choses aller aussi loin, lui non plus, mais son regard, la façon dont il la choyait, dont il parlait d'elle, indiquait qu'il partageait ses sentiments.

Pourtant, elle savait très bien qu'ils n'avaient pas d'avenir ensemble, et elle savait qu'il partageait cet avis.

Ils avaient tous deux accepté de se jeter dans cette aventure en connaissance de cause, mais leurs cœurs en avaient décidé autrement et, désormais, ils étaient liés, inextricablement. Du moins est-ce ce qu'elle ressentait, au plus profond d'elle-même.

C'est à cet espoir qu'elle se raccrocha pour tenter de tenir la crise d'angoisse à distance.

Ses pas la menèrent dans la clairière où il l'avait conduite, le premier jour. Là où ils avaient partagé leur premier baiser... Adossée au même palmier, elle inspira l'air marin, et écouta les bruits de la nature dans l'espoir de calmer la tempête qui faisait rage en elle.

Un silence tendu régnait dans la jeep qui le ramenait à la villa, et Joel avait l'impression que Paolo, d'ordinaire si discret, l'observait. Et il ne pouvait pas lui en vouloir...

Il se passa la main sur la nuque, et se répéta pour la énième fois que c'était pour le mieux, qu'il faisait bien...

À peine la voiture s'était-elle arrêtée qu'il défit sa ceinture de sécurité et dit à ses compagnons de voyage :

— Donnez-moi une minute.

Sans attendre de réponse, il s'élança vers la villa, mais il fut déçu : Jessie ne s'y trouvait pas. Comme il observait les environs, il l'aperçut sur le sentier qui grimpait sur la colline. Elle marchait d'un pas hésitant, et son sourire s'élargit quand elle le vit.

— Tu es de retour…

Il répondit brièvement à son salut, et déglutit avec peine. Il était temps de passer aux choses sérieuses.

Il enfonça ses lunettes de soleil dans ses cheveux quand elle le rejoignit.

— Pourquoi ne m'as-tu pas dit que tu partais aujourd'hui ?

— Tu dormais, et il fallait que j'aille à l'aéroport.

Espèce de lâche !

— Tu aurais pu…

Un mouvement derrière lui attira son attention, et il tourna la tête, soulagé de voir que c'était Paolo qui vidait le coffre de la jeep.

Il prit la main de Jessie et l'entraîna à l'écart.

— Il faut qu'on parle.

— C'est ce qu'on fait, en ce moment, non ?

— Qu'on parle vraiment. Sérieusement. Rentrons !

Elle retira sa main et fronça les sourcils.

— Tu es bizarre… Qu'est-ce qui ne va pas ?

— Hé, Joel !

La voix de Brendan, forte et claire, les fit sursauter.

— Brendan ? murmura-t-elle sans comprendre.

Joel ne l'avait pas prévenue qu'il n'était pas seul dans la voiture. Il perçut le trouble de Jessie, dont les yeux le suppliaient de lui donner des réponses. Comme elle se tournait vers la jeep, une élégante femme blonde en sortit.

— Hannah ! Que fais-tu ici ?

Elle courut se jeter dans les bras de sa sœur.

— Tu prends enfin des vacances ou tu viens juste pour gâcher les miennes ?

Elle éclata de rire, mais sa sœur resta de marbre.

— Tu vas bien ?

Hannah scrutait le visage de Jessie, mais en vérité Joel n'était pas sûr de savoir qui avait l'air le plus mal en point : Jessie dans sa confusion, ou Hannah, avec son expression pincée, ses yeux cernés et son teint pâle sous le léger maquillage.

Une chose était sûre, cependant : elle s'inquiétait pour sa petite sœur et elle avait bien raison. Tout ça, c'était sa faute, songea-t-il.

Comme Jessie faisait mine de s'éloigner avec sa sœur, Joel la retint.

— Brendan peut lui montrer la villa, dit-il, cherchant à saisir sa chance. Il faut qu'on parle.

Plus vite il se retrouverait seul avec elle, plus vite il pourrait reprendre le contrôle de la situation.

Brendan lui fit un discret signe de tête, tandis qu'il posait la main dans le dos d'Hannah pour la guider doucement vers la maison. Ce geste protecteur en disait long et il se demanda si Jessie l'avait remarqué, elle aussi.

Il réduisit la distance qui les séparait, mais son regard ne changea pas.

— Ne me dis pas que c'est toi qui leur as demandé de venir ! commença-t-elle, ses yeux lançant des éclairs.

— Ce n'est pas comme ça que...

Elle croisa les bras.

— Ah bon ? coupa-t-elle. Comment ça s'est passé, alors ?? Tu avais besoin de quelqu'un pour nous surveiller ?

— Non, pas du tout. J'ignorais qu'ils devaient venir, je te le jure ! J'ai reçu un SMS tôt ce matin. Brendan ne m'a donné aucune explication, et j'ignore pourquoi ta sœur l'accompagne.

Il se creusa la tête pour trouver les mots justes, quelque chose qui ferait que tout irait bien, qui mettrait fin à la douleur qui lui serrait le cœur. Il fourra les mains dans ses poches pour s'empêcher de les tendre vers elle, certain qu'elle ne l'accueillerait pas favorablement.

— Cela n'était pas prévu, je t'assure, déclara-t-il d'un ton grave.

— Et quel est le but de cette visite, d'après toi ?

Comme il hésitait, elle éclata d'un rire froid.

— Tu ne peux même pas le dire, n'est-ce pas ?

Il aurait voulu l'attirer à elle pour apaiser la douleur qu'il lui infligeait et lui dire que tout irait bien. Mais il aurait fallu pour cela faire la seule chose qu'il ne pouvait pas faire.

— Est-ce que notre histoire t'effraie tant que ça ?

Bien sûr que oui ! Il avait l'impression de trahir la femme qu'il avait aimée et perdue en éprouvant pour une autre des sentiments interdits, mais impossibles à étouffer.

— C'est plus compliqué que cela, tu le sais bien.

L'espace d'une brève seconde, son regard s'adoucit.

— Je sais, mais ça fait mal quand même... Je t'aime, Joel. Je sais que tu ne veux pas l'entendre, mais je te le dis quand même : je t'aime et...

Il se prit la tête dans les mains.

— Ne fais pas ça, Jessie, je t'en prie...

Il ne pouvait pas supporter de l'entendre. Ni de voir la douleur dans son regard.

Soudain, la porte d'entrée s'ouvrit sur Anton qui, sans même les regarder, commença à sortir des bagages.

— Ce sont tes valises ?

— Oui.

— Tu t'en vas, alors ?

— Oui.

Ses yeux bleus le transpercèrent.

— Alors, c'est fini ?

— Disons plutôt que ça n'a jamais commencé, Jessie. Je te rappelle que… nous étions d'accord.

Elle eut un sourire dur.

— Parfois, on s'engage dans quelque chose en croyant que ça va marcher, mais la vie en décide autrement. Tu le sais mieux que quiconque.

Il tressaillit, touché par les mots de la jeune femme.

— Je suis désolée, Joel. Je ne veux pas te faire de mal. J'essaie de te faire prendre conscience de ce que nous vivons. Et que nous pourrions continuer de vivre si tu nous donnais une chance.

Il la fixa longuement, comme pour mieux s'imprégner de ses paroles.

— Je n'ai pas choisi de tomber amoureuse de toi, Joel. Je suis venue ici pour découvrir ce que j'attendais de la vie, et tu m'as aidée à le faire. Je me suis beaucoup amusée, j'ai découvert des choses que je n'aurais jamais connues sans toi. Et tu m'as aidée à guérir, à tourner la page avec Adam, à croire à nouveau en moi, et je t'en suis très reconnaissante, tu sais. Je ne l'oublierai jamais.

Il secoua la tête et tenta de parler, mais les mots restèrent bloqués dans sa gorge.

— Avec toi, j'ai eu l'impression de compter pour quelqu'un.

Elle esquissa un sourire gêné.

— Tu m'as ouvert les yeux sur moi-même, sur mes qualités plutôt que sur mes défauts. Tu m'as fait comprendre que j'étais assez forte, assez indépendante pour tenir tête à Hannah, pour reprendre le contrôle de ma vie.

Elle éclata de rire à travers ses larmes.

— Mais tu sais ce qui m'a vraiment blessée ?

Il fronça les sourcils, incapable de répondre, incapable même de secouer la tête.

— Après tout ce que tu m'as dit, tous tes encouragements, tu ne m'as pas mieux traitée qu'Hannah.

Il le leva brusquement.

— Qu'est-ce que ça veut dire ?

— Je suppose qu'elle est venue pour là pour m'aider à faire face après ton départ, car elle me croit incapable de le faire seule.

— Non, ce n'est pas ça...

Elle eut un rire amer.

— Pauvre petite Jessie, elle a le cœur brisé et a besoin qu'on s'occupe d'elle à nouveau ! grinça-t-elle.

— Non, Jessie, ce n'est pas ça du tout. Oui, je préfère que tu aies quelqu'un ici. Oui, je veux m'assurer que tu vas bien, et cette visite tombe à pic. Mais l'initiative ne vient pas de moi.

Il s'interrompit, conscient de s'aventurer sur un terrain glissant.

En la voyant lever les yeux au ciel, il comprit qu'il avait vu juste.

— Tu n'as pas à t'inquiéter. Je suis parfaitement capable de prendre soin de moi et d'affronter mon avenir… J'aimerais seulement que tu puisses en dire autant !

Comme elle tournait les talons et entrait dans la villa, Anton annonça :

— Vos bagages sont prêts, monsieur.

Brendan apparut alors, si furieux que Joel eut du mal à le regarder en face. Il s'approcha de lui.

— Écoute, je comprends que tu sois en colère contre moi, mais est-ce que tu peux …

Il s'interrompt. Brendan n'avait pas seulement l'air fâché. Il avait les traits tirés, les yeux fatigués et son visage exprimait une grande inquiétude.

— Qu'est-ce qui ne va pas ?

Prenant une grande inspiration, son ami passa la main dans ses cheveux habituellement bien coiffés.

— Ce n'est pas le moment.

— Le moment de quoi ? demanda Joel. Qu'est-ce qui se passe ?

Son ami n'avait jamais été aussi nerveux et il avait la nette impression que ce n'était pas de son fait… pour une fois.

— Hannah n'a pas besoin de ça en ce moment.

— Aucun de nous n'en a besoin, d'ailleurs.

— Si tu savais !

Soudain, un sanglot leur parvint depuis la villa. Alors que Joel s'élançait, son ami l'arrêta.

— Non, laisse-les.

— Mais…

— Tu l'aimes ?

La gorge nouée, Joel répondit :

— Je ne peux pas, Brendan, tu le sais bien. Je ne peux pas…

— Alors ne t'en mêle pas, et va-t'en !

— Mais je ne peux pas juste…

— Tu peux parce que c'est la seule chose à faire et tu le sais très bien.

— Si c'est le cas, alors pourquoi est-ce que je me sens si mal ?

— Il n'y a que toi qui puisses répondre à cette question, Joel.

Jessie fixait Hannah. Sa sœur ne pleurait jamais. Oh ! elle avait pleuré à la mort de leur mère, mais elle ne se souvenait pas d'une seule fois où elle avait vu sa sœur pleurer à chaudes larmes.

— Il faut te ressaisir, Hannah. Je vais bien, je t'assure !

Et c'était vrai. Elle tremblait, certes, mais elle n'était pas au bord de la crise d'angoisse. Elle avait beau avoir mal, elle contrôlait la situation et c'était déjà beaucoup. Ironie du sort, elle était persuadée que Joel était pour beaucoup dans les progrès qu'elle avait accomplis. En lui redonnant confiance en elle, en lui ouvrant les yeux sur la personne qu'elle était vraiment, il l'avait aidée à vaincre ses démons.

Son amour lui avait donné une force intérieure qu'elle ne possédait pas auparavant. Désormais, elle se sentait capable de se battre pour obtenir ce qu'elle voulait, et, aussi étrange que cela puisse paraître, cela l'aidait à tenir debout.

Mais qu'en était-il de Joel ? Avait-elle commis une erreur en le poussant à s'engager alors qu'il n'avait pas encore surmonté son chagrin et sa culpabilité, et à rompre leur accord en demandant plus ?

Certes, elle l'avait fait par amour, mais avait-elle eu raison ? Et si elle avait fait plus de mal que de bien ? Elle pensa à son visage bouleversé, au désespoir qu'elle avait lu dans ses yeux suppliants, au mal que ses mots lui avaient fait. Prise de remords, elle faillit céder, et aller se jeter dans ses bras.

Mais elle n'en fit rien : il ne voulait pas d'elle, elle ne devait pas l'oublier.

C'est le moment que choisit Hannah pour laisser échapper un sanglot déchirant.

— Hannah ! Calme-toi, je t'en prie ! Tout va bien, je t'assure.

— Non, ça ne va pas ! Rien ne va.

— Je suis tombée amoureuse du mauvais gars, encore une fois. Ce n'est pas la fin du monde ! Je n'ai pas besoin de toi pour me sortir de là, d'accord ? Je suis tout à fait capable de me débrouiller toute seule. Je sais que tu t'inquiètes pour moi, mais il faut que ça cesse. Je suis une adulte à part entière, capable de tirer des leçons de ses choix...

— Je le sais, Jess ! Je suis désolée de t'avoir traitée ainsi.

Jessie regarda sa sœur, perplexe. Pourquoi était-elle ici, alors, et pourquoi pleurait-elle comme si c'était la fin du monde ? À moins... qu'il ne s'agisse pas du tout d'elle.

Il fallait qu'elle sache.

— Tu commences vraiment à m'inquiéter, Hannah. Dis-moi ce qu'il se passe...

15

Joel était au supplice. Il rajusta sa cravate tout en observant la foule autour de lui. Le gotha new-yorkais, qui avait l'air tout droit sorti du film *Gatsby le Magnifique* – et lui-même ne faisait pas exception – se pressait autour du bar de l'hôtel Hart, qui accueillait la fête de fiançailles de sa sœur.

Les rires et les bavardages allaient bon train, l'orchestre ajoutant à cette atmosphère animée, et pourtant il n'avait qu'une envie : faire demi-tour et rentrer chez lui.

Il s'approcha du bar et croisa le regard du barman.

— Un double rhum, sec.

— Lequel, monsieur ?

Il s'appuya sur le comptoir et se passa la main sur le visage.

— Peu importe.

Parce que n'importe quel rhum le ramènerait à Moustique, et à Jessie…

Il eut tout juste le temps de plaquer un sourire sur son visage et d'ouvrir les bras à Simone qui accourait vers lui, tout sourire et le regard brillant. Elle le serra fort dans ses bras.

— Comme je suis heureuse que tu sois venu ! s'écria-t-elle, ravie.

Quand elle s'écarta de lui, il aurait juré voir une larme dans ses yeux, mais il n'en laissa rien paraître et dit d'un ton léger :

— Je suis désolé que tu aies pu en douter.

Elle secoua la tête.

— Cela n'a pas d'importance...

Le tremblement de sa bouche peinte en rouge cerise signifiait le contraire.

— L'essentiel, c'est que tu sois là maintenant. Maman sera tellement contente de te voir !

Il balaya la pièce du regard, à la recherche de sa mère. Il ne l'avait pas encore vue depuis son arrivée en ville. Elle avait dû partir en Europe pour un déplacement de dernière minute et était revenue le matin même.

— Elle est là-bas...

Simone se tourna et fit un geste en direction du piano, disposé sous un grand escalier.

— Je te préviens, elle est surexcitée !

C'est alors que Simon et Jonathan les rejoignirent, et Joel sentit une grande main s'abattre dans son dos.

— Hé, grand frère, quel plaisir de te voir !

Jonathan lui donna une accolade qui lui coupa presque le souffle.

— Je suis ravi moi aussi, mais si tu pouvais me laisser respirer...

Jonathan s'esclaffa.

— Désolé, mon pote.

Le regard de Simon se fit plus perçant.

— Viens, dit-il. Je vais t'emmener voir maman, elle t'attend.

Il marmonna :

— Ça va… Je n'ai qu'une demi-heure de retard.

— Mais c'est une éternité pour elle, dit Simone. Une fois que vous aurez rattrapé le temps perdu, j'essaierai d'arracher mon fiancé à ses amis. Nous avons quelque chose à te demander…

— Ne t'inquiète pas trop, dit Jonathan. Maman ne risque pas d'être fâchée contre toi, car elle est sur un petit nuage !

Joel jeta à son frère un regard interrogateur.

— Qu'est-ce qui se passe ?

Simon hésita un instant, puis déclara :

— Écoute, je sais que toi et papa étiez proches. Plus proches que n'importe lequel d'entre nous. Mais… maman a rencontré quelqu'un. Elle est amoureuse et elle est tellement heureuse !

Incrédule, il demanda :

— Maman a rencontré quelqu'un ?

— Ce n'est pas comme si elle avait une liaison, Joel.

— Non. C'est juste que… Pourquoi personne n'a rien dit ?

— Tu sais, Joel, ce n'est pas le genre de nouvelles que l'on annonce au téléphone, et nous avons essayé de te faire venir. Maman a fait tout ce qu'elle pouvait pour que tu reviennes et qu'elle puisse te présenter son ami avant aujourd'hui.

— Vous auriez pu m'avertir…

Soudain, la foule qui dissimulait la table où était assise sa mère se dispersa, et il la vit. Très élégante dans une robe en sequins, elle était rayonnante. Son sourire, l'étincelle qui brillait dans ses yeux, tout indiquait que…

Sa mère était *amoureuse*.

— C'est un homme bien, Joel, dit son frère à son oreille.

Et il l'aime aussi. Donne-lui une chance, d'accord ? Dieu sait qu'elle le mérite !

Sa mère choisit ce moment pour se retourner, et écarquilla les yeux en le voyant.

— Joel !

Elle se leva d'un bond.

L'homme assis à côté d'elle se leva également.

— Ne l'oblige pas à se déplacer alors qu'elle a attendu si longtemps pour te voir, souffla Simon.

— D'accord...

Il se précipita vers sa mère, qui prit son visage entre ses mains.

— Oh ! Joel ! C'est *si* bon de te voir !

— Bonsoir, maman.

Son regard se posa sur l'homme grisonnant qui se tenait à côté d'elle.

— Bonjour. Je m'appelle Joel.

— Je sais qui vous êtes...

Sa poignée de main était étonnamment ferme, et son sourire avenant.

— Je suis heureux de vous rencontrer enfin, j'ai beaucoup entendu parler de vous, ajouta-t-il.

Joel ne put s'empêcher d'ironiser.

— J'aimerais pouvoir en dire autant.

Sa mère rougit, visiblement gênée...

— Joel, voici Arthur, mon ami. Veux-tu t'asseoir un instant avec nous ?

Une fois installé devant un rhum, il écouta sa mère lui faire le récit de leur rencontre, sans pouvoir détacher les yeux de sa main, où brillait une alliance, posée sur celle d'Arthur...

Arthur se racla la gorge et regarda le verre vide de Joel.

— On dirait que nous avons tous besoin d'un autre verre. Je vous en sers un, Joel ?

— Volontiers...

Une fois Arthur hors de portée de voix, sa mère se pencha vers lui.

— Je suis désolée que tu l'apprennes ainsi, mon chéri. J'aurais bien voulu te le dire, mais je redoutais ta réaction. Toi et ton père avez toujours été si proches, et après Katie... Je me suis d'abord sentie coupable, très coupable. Mais ensuite, j'ai réalisé qu'aimer Arthur n'enlevait rien à mon amour pour ton père. C'est juste une nouvelle chance de bonheur.

— Arthur te rend heureuse ?

— Oui... J'étais perdue à la mort de ton père, en plein désarroi, et l'idée de passer le reste de ma vie seule... Je sais que je vous ai, vous les enfants, mais ce n'est pas la même chose qu'un partenaire de vie, quelqu'un avec qui partager les hauts et les bas.

Ses mots résonnèrent en lui, réveillant une blessure encore ouverte, dont il n'était pas sûr de pouvoir guérir un jour.

— Je comprends, maman.

— Et en toute honnêteté, je ne pense pas que ton père aurait voulu que je passe le reste de ma vie seule.

Elle se pencha vers lui et glissa une mèche derrière son oreille, un geste qu'elle n'avait pas fait depuis son adolescence, puis elle dit :

— Et Katie ne voudrait pas que tu le fasses non plus, mon chéri. Tu dois le savoir au plus profond de toi.

Il plongea les yeux dans les siens.

— Pourquoi me parles-tu de ça ? Quelqu'un t'a dit quelque chose ? Est-ce que Brendan… ?

Elle rougit de nouveau sous le maquillage.

— Il a juste dit que tu avais rencontré quelqu'un…

Il ferma les yeux, et le sourire de Jessie envahit son esprit…

— Alors, c'est vrai ? Oh ! Joel ! Je sais à quel point tu as aimé Katie, tu aimeras toujours Katie, mais ne laisse pas la culpabilité et le chagrin t'empêcher de retrouver le bonheur. J'ai failli le faire, mais regarde-moi, aujourd'hui ! Je suis heureuse, plus heureuse que je ne l'aurais cru possible. Et il te reste tant d'années à vivre ! N'est-ce pas ce que tu souhaites pour toi-même ?

— Je ne sais pas ce que je veux…

Il le savait très bien, mais il avait laissé passer sa chance…

— Alors, ferme les yeux et imagine ton avenir.

— Maman… Je ne suis pas d'humeur à jouer.

— Joel, s'il te plaît, fais-moi plaisir. Ferme les yeux et imagine l'avenir… Te vois-tu seul ?

De guerre lasse, il fit ce qu'elle lui demandait, ferma les yeux et essaya de visualiser l'avenir. Lui. Seul. Et il ne vit rien d'autre que l'obscurité. Le noir total.

— Maintenant, imagine la même chose avec elle…

C'est ce qu'il fit. Il pensa à Jessie, et l'avenir s'illumina comme un sapin de Noël. Tout à coup, l'espoir d'être heureux, de fonder une famille, renaissait. Tant d'expériences à partager, tant de joie et de rires… Puis l'image de Katie sur son lit d'hôpital se superposa à celle de Jessie, et il ouvrit les yeux.

— Je ne peux pas revivre cette douleur, maman.

Sa mère lui serra doucement le bras.

— Rien ne dit que l'histoire se répétera, mais, si tu avais

le choix, aurais-tu choisi de ne pas rencontrer Katie ? De ne pas avoir vécu les années que vous avez passées ensemble ?

— J'enlèverais celles où j'ai manqué à l'appel, répondit-il, la voix brisée. J'aimais papa, mais le travail et les responsabilités qu'il m'a imposés m'ont privé d'un temps précieux. Je ne lui reproche pas de m'avoir montré le chemin, mais je m'en veux. De ne pas avoir été là, de ne pas avoir vu…

— Cela n'aurait rien changé, mon chéri. Katie était malade. Tu n'aurais rien pu faire.

— J'aurais pu être un meilleur mari.

— Et moi une meilleure épouse. Nous commettons tous des erreurs, mais il faut savoir en tirer les leçons et…

— … passer à autre chose, acheva-t-il.

Elle esquissa un petit sourire.

— C'est la voix de la sagesse. Tu as changé, Joel…

Il lui rendit son sourire.

— Si seulement elle pouvait le croire aussi…

— Le passé ne présage pas de l'avenir, mon chéri. Rien ne t'empêche d'être un meilleur mari à l'avenir.

Un meilleur mari…

Ces mots tourbillonnèrent dans sa tête, dans son cœur.

— Il est temps de te pardonner à toi-même, chéri. Pardonne-toi et accorde-toi la liberté d'aimer de nouveau. J'ai passé quarante-cinq ans avec ton père et j'ai dû les partager avec son travail, tout comme Katie l'a fait avec toi. Je ne lui en veux pas – il nous a donné à tous les moyens de bien vivre, tout comme toi avec Katie, et elle t'en était reconnaissante. Tu le sais au fond de toi. Tu l'as rendue heureuse, Joel.

Il pensa à Jessie, à leur aventure qui s'était transformée en véritable histoire d'amour…

Avec un sourire taquin, sa mère reprit :

— J'espère que Brendan ne m'a pas menti en me disant que cette jeune femme était amoureuse de toi. Que ressens-tu pour elle ?

Il sentit une onde de chaleur envahir tout son corps.

— Vu ta tête, il doit avoir raison.

— En effet.

— Une dernière chose, Joel... Ma vie avec Arthur est très différente de celle que j'ai eue avec ton père, mais elle n'en est pas moins épanouissante. Je suis à nouveau heureuse, vraiment, vraiment heureuse, et je veux qu'il en soit de même pour toi.

— Et je suis heureux pour toi, maman.

— Tu es sincère ?

Il l'était. L'étincelle qui brillait dans les yeux de sa mère la faisait paraître dix ans plus jeune... Comment aurait-il pu ne pas s'en réjouir ?

— Bien sûr.

— Alors pourquoi ne pas souhaiter la même chose pour toi ? S'il y a une chance que tu puisses retrouver l'amour avec cette jeune femme, ne la gâche pas !

Et si c'était déjà fait ? Et si c'était trop tard ?

— Va la retrouver, Joel, et dis-lui la vérité cachée au fond ton cœur...

16

Jessie regarda les brochures étalées sur la table basse, près de son ordinateur, et laissa échapper un soupir las.

Grâce à l'héritage de sa mère, plusieurs options s'offraient à elle. Elle pouvait retourner à l'université pour étudier quelque chose de nouveau, ou poursuivre sa carrière… mais elle avait du mal à prendre une décision.

Elle n'arrivait pas à retrouver l'enthousiasme, le feu, le frisson qui l'avaient habitée durant cette semaine passée sous les tropiques avec Joel. Et à chaque fois qu'elle envisageait de passer à autre chose, elle pensait inévitablement à lui et à tout ce qu'il avait fait pour lui redonner confiance en elle et en l'avenir…

Et comment l'avait-elle remercié ?

En alimentant sa culpabilité d'avoir abandonné sa famille et son entreprise, en s'immisçant dans sa vie, puis en le mettant au pied du mur alors qu'elle le savait toujours amoureux de Katie.

Ce n'était pas juste, et Dieu sait quels dégâts elle avait causés ! Car si elle avait le cœur brisé, qu'en était-il de Joel ?

Le seul point positif était qu'il avait assisté à la fête de fiançailles de sa sœur – elle avait vu les photos dans la presse, et l'avait trouvé plus séduisant que jamais…

Il avait repris le travail aussi, Hannah le lui avait dit lorsqu'elle avait enfin osé lui demander des nouvelles.

Alors pourquoi n'était-elle pas sereine ?

Parce qu'il va de l'avant comme il l'a promis, et sans toi !

Elle ignora cette petite voix intérieure et attrapa son téléphone. Elle lui laisserait un message pour lui demander comment il allait, et pour s'excuser d'avoir dépassé les bornes et...

Et puis quoi ?

Avec un gémissement, elle reposa son téléphone et se laissa tomber sur le canapé. Elle avait fait assez de dégâts comme cela, et il fallait passer à autre chose, maintenant, comme lui.

Molly, le chat de sa mère, vint se frotter à son genou, en quête de caresses.

— Oui, oui, je sais... Je n'ai pas besoin d'un homme pour me rendre heureuse, puisque tu es là, mais ce n'est pas tout à fait la même...

Soudain, la sonnette retentit et Molly s'éclipsa. Jessie consulta sa montre. Il était un peu tard pour les démarcheurs et les quelques amis qu'elle avait dans le village envoyaient généralement un message avant de venir.

Remettant ses cheveux en place, elle se dirigea vers la porte... et sentit le sol se dérober sous ses pieds.

— Joel ?

Elle recula d'un pas.

Non, ce n'était pas possible ! Et pourtant, ces yeux, ce sourire malicieux...

— Jessie...

— Qu'est-ce que... ? Pourquoi es-tu ici ?

Une seule raison lui venait à l'esprit pour justifier sa

présence et elle ne voulait pas y croire… À chaque coup de sonnette, à chaque coup de téléphone, depuis quelques semaines, elle s'accrochait à cet espoir, et le voyait s'évanouir. Mais maintenant… il était là.

— J'avais besoin de te voir.

Comme son cœur s'emballait, elle serra les poings.

Cela ne veut pas dire qu'il t'aime. Il t'a dit qu'il ne pouvait pas t'aimer.

— Écoute, Joel… Tu m'as dit clairement que tout était fini entre nous, alors si tu es venu ici pour… prolonger cette aventure, tu t'es déplacé pour rien.

Elle s'apprêtait à refermer la porte quand il glissa son pied dans l'entrebâillement.

— S'il te plaît, Jessie… Je suis venu pour parler, rien de plus. Il y a quelque chose que je dois te dire.

— Je pense que tu m'en as déjà dit assez.

— Non, pas tout à fait. Je te dois la vérité.

Vaincue, elle le laissa entrer, et il la remercia d'un signe de tête.

Un long silence s'ensuivit, qu'elle rompit en désignant la table basse du salon, où se trouvait une bouteille de vin ouverte un peu plus tôt, et en disant :

— J'ai bien besoin d'un verre. En veux-tu un aussi ?

— Volontiers.

Tandis qu'elle leur versait deux verres, elle remarqua qu'il portait un jean et un T-shirt bleu marine qui soulignaient ses muscles bien dessinés. Seigneur ! Pourquoi fallait-il qu'il soit aussi séduisant ?

— Assieds-toi…

Il prit place sur le canapé sans la quitter des yeux, comme s'il cherchait désespérément une réponse dans son regard.

— Eh bien... parle ! Qu'as-tu à me dire ?

Il hésita longuement, puis finit par lâcher d'une voix rauque :

— Tu m'as manqué.

Au moins, c'était clair, songea-t-elle : entre eux, le sexe avait été merveilleux, et elle comprenait qu'il ait encore envie d'elle comme elle avait envie de lui. Mais qu'est-ce que cela changeait à leur situation ?

Comme elle ne faisait pas mine de répondre et continuait de le regarder d'un air interrogateur, il poursuivit.

— Je suis sérieux, Jessie, tu m'as manqué plus que je ne l'aurais jamais cru possible.

— Pourtant, tu sais exactement ce que c'est, Joel. Tu as perdu ta femme, l'amour de ta vie...

C'était brutal, cruel même, mais elle devait le faire. Elle devait être aussi directe qu'il l'avait été, sous peine d'avoir une fois de plus le cœur brisé. Elle se sentait trop exposée, trop vulnérable.

— C'est différent, cette fois, dit-il à voix basse, avant de prendre une gorgée de vin. Katie est partie, et on ne pouvait pas la ramener... Tandis que toi, tu es bien vivante, et je t'ai repoussée.

Elle ouvrit la bouche pour lui dire que c'était elle qui l'avait repoussé, mais la culpabilité la retint.

— Savoir que tu étais là, que tu reprenais le cours de ta vie pendant que je choisissais de rester à l'écart était une véritable torture. Je veux revenir sur mon choix.

Elle laissa échapper un rire amer, puis le fusilla du regard.

— Qu'est-ce que tu racontes, Joel ? Tu m'as dit clairement qu'il n'y avait pas d'avenir pour nous, que tu as déjà aimé une fois et que tu n'avais pas l'intention de t'engager de nouveau pour ne plus souffrir. Et je suis peut-être une femme forte et indépendante, mais j'ai encore des sentiments pour toi et je ne suis pas prête à risquer à nouveau mon cœur pour quelques nuits de plaisir...

— Ce n'est pas ce que je te propose, Jessie.

Elle prit une gorgée de vin et le regarda sans comprendre.

— Si tu suggères un arrangement bancal où...

— Je te demande de sortir avec moi.

Cette fois, elle éclata de rire.

— Tu veux *sortir* avec moi ? répéta-t-elle.

Il acquiesça, imperturbable.

— Je veux tout reprendre depuis le début et faire les choses correctement. Je veux que tu tombes à nouveau amoureuse de moi et je te promets de bien faire les choses, cette fois-ci.

Elle secoua la tête. Son cœur battait à ses tempes, lancinant, lorsqu'elle balbutia :

— Je ne comprends pas...

— Alors laissez-moi être parfaitement clair et te le dire autrement...

Quand il se tourna vers elle, elle fut incapable de bouger. Lentement, il lui prit le verre des mains, le posa sur la table, et tendit la main pour caresser son visage.

— Jessie...

Il chercha son regard.

— Je t'aime.

Le souffle coupé, elle cligna des yeux, mais sa vision ne s'éclaircit pas. Elle devait avoir mal entendu...

— Je suis tellement fou de toi que ce dernier mois sans toi a été un supplice. Je sais que je ne t'ai donné aucune raison de me faire confiance. Je sais que je dois regagner cette confiance. Je sais que tu me détestes probablement pour ce que j'ai fait, et je ne peux pas t'en vouloir, mais *je t'en supplie,* donne-moi une chance de te prouver mes sentiments.

— Mais... comment peux-tu m'aimer, après tout ce que j'ai fait ?

— Qu'est-ce que tu veux dire ?

Elle prit une profonde inspiration avant de répondre.

— Joel, tu m'as tant donné et je t'ai si mal traité en retour ! J'ai retourné la situation contre toi. J'ai rompu notre accord et je t'ai mis au pied du mur en t'avouant mes sentiments trop vite, trop fort. Je t'ai poussé dans tes retranchements alors que tu étais encore en deuil de Katie, et que je le savais. J'ai essayé de t'imposer ma vision des choses, les principes de vie de ma mère...

Des larmes roulaient sur ses joues, qu'il essuya doucement du pouce.

— Je t'ai fait te sentir coupable d'avoir quitté ta famille, ton entreprise, alors que je n'en avais pas le droit. Je suis désolée. Je suis tellement désolée !

— Chut... Tu as eu raison de faire toutes ces choses, ma chérie, et je ne t'en veux pas du tout.

Elle leva vers lui un regard éberlué.

— Mais... je ne comprends pas. Pourquoi dis-tu cela maintenant ? Qu'est-ce qui a changé ?

Il esquissa un sourire.

— Il s'agit d'une histoire qui a commencé avec toi et s'est terminée avec ma mère.

De plus en plus perdue, elle répéta :

— Ta mère ?

— Elle a retrouvé l'amour, figure-toi ! Elle a passé

quarante-cinq ans avec mon père et maintenant, elle a rencontré quelqu'un d'autre. Je l'ai appris très récemment, et cela a été un choc ; un électrochoc, même. Au début, je me suis demandé ce que mon père en penserait, ce que moi, je devais en penser, puis j'ai réalisé que rien de tout cela n'avait d'importance face à sa joie, à son bonheur. Elle a trouvé un nouveau souffle, et j'en suis heureux pour elle. Comment la juger, et comment en vouloir à la personne qui lui a réappris à être heureuse ?

Quand elle scruta son regard, elle sut qu'il disait la vérité et ce que cela signifiait pour elle, pour eux.

— Et… c'est ce que je suis pour toi ? Cette personne-là ?

Soudain, son sourire revint, et l'étincelle dans ses yeux.

— Oui, tu es mon Arthur, dit-il en souriant.

— Ton *Arthur* ?

— C'est le prénom de l'ami de ma mère.

Elle avait encore du mal à croire que tout cela était bien réel. Qu'il était là, devant elle, en train de lui avouer son amour et de faire des projets d'avenir.

— Et… tu as parlé de nous à ta mère ?

— Elle le savait déjà. Brendan le lui avait dit.

Elle secoua la tête, sans pouvoir réprimer un sourire amusé.

— Il ne peut pas s'empêcher de s'occuper de tes affaires, n'est-ce pas ?

— Non, et ce n'est pas maintenant que ça va changer. Mais on ne sait jamais, remarque.

— Tu l'aimes vraiment.

— Oui, je l'aime… mais pas autant que toi !

Elle ravala ses larmes.

— Pas de la même façon, j'espère…

Il sourit, puis son regard s'assombrit d'un coup.

— Je ne suis pas là pour te faire du mal, Jessie. J'ai dû prouver mes intentions à Hannah et Brendan avant qu'ils ne me donnent ton adresse, et si j'ai pu les convaincre, j'espère pouvoir te convaincre toi aussi. Je ne vais pas te mentir : j'ai encore beaucoup de progrès à faire pour être un compagnon idéal...

— Tu veux dire que tu ne me forceras pas à sauter d'une falaise, à surfer dans des eaux infestées de requins ou à faire la course en buggy au bord d'une falaise ?

Il s'esclaffa.

— Absolument pas.

— Je vais m'ennuyer avec toi, alors ? dit-elle avec une moue contrariée.

— Peut-être pas, mais je serai sans doute un peu moins... extrême. Et je ferai tout ce qui est en mon pouvoir pour te prouver mon amour.

Ses yeux bleus brillaient de sincérité, de fougue.

— Tu m'aimes vraiment, alors ?

— Oui, mais j'ai l'impression que le dire ne suffit pas.

Elle passa ses mains dans ses cheveux.

— Dans ce cas, arrête de parler et embrasse-moi !

Il éclata de rire.

— Cela signifie que tu me pardonnes ?

— Il n'y a rien à pardonner. Je t'aime aussi, Joel.

Elle l'embrassa avec tant de passion que plus aucun doute n'était permis.

Et pour la première fois, auprès de lui, elle se sentit chez elle.

Il était son amour. Sa vie. Son avenir.

Vous avez aimé ce roman ?
Retrouvez les sœurs Rose dès le mois prochain
dans votre collection Azur !